Tucholsky Wagner Zola Scott Sydow Freud Schlegel
Turgenev Wallace Fonatne
Twain Walther von der Vogelweide Fouqué Friedrich II. von Preußen
Weber Freiligrath Frey
Fechner Fichte Weiße Rose von Fallersleben Kant Ernst Frommel
Hölderlin Richthofen
Engels Fielding Eichendorff Tacitus Dumas
Fehrs Faber Flaubert Eliasberg Ebner Eschenbach
Feuerbach Maximilian I. von Habsburg Fock Eliot Zweig
Ewald Vergil
Goethe Elisabeth von Österreich London
Mendelssohn Balzac Shakespeare Dostojewski Ganghofer
Lichtenberg Rathenau Doyle Gjellerup
Trackl Stevenson Tolstoi Hambruch
Mommsen Thoma Lenz Droste-Hülshoff
Dach von Arnim Hanrieder
Verne Hägele Hauff Humboldt
Karrillon Reuter Rousseau Hagen Hauptmann Gautier
Garschin
Damaschke Defoe Hebbel Baudelaire
Descartes Hegel Kussmaul Herder
Wolfram von Eschenbach Schopenhauer Rilke George
Darwin Dickens Grimm Jerome
Bronner Melville Bebel Proust
Campe Horváth Aristoteles
Bismarck Vigny Barlach Voltaire Federer Herodot
Gengenbach Heine
Storm Casanova Tersteegen Grillparzer Georgy
Chamberlain Lessing Langbein Gilm
Brentano Gryphius
Strachwitz Claudius Schiller Lafontaine
Kralik Iffland Sokrates
Katharina II. von Rußland Bellamy Schilling
Gerstäcker Raabe Gibbon Tschechow
Löns Hesse Hoffmann Gogol Wilde Gleim Vulpius
Luther Heym Hofmannsthal Klee Hölty Morgenstern
Roth Heyse Klopstock Goedicke
Luxemburg Puschkin Homer Kleist
La Roche Horaz Mörike Musil
Machiavelli Kierkegaard Kraft Kraus
Navarra Aurel Musset Lamprecht Kind Kirchhoff Hugo Moltke
Nestroy Marie de France
Nietzsche Nansen Laotse Ipsen Liebknecht
Marx Lassalle Gorki Klett Ringelnatz
von Ossietzky May vom Stein Lawrence Leibniz
Petalozzi Knigge Irving
Platon Pückler Michelangelo Kock Kafka
Sachs Poe Liebermann Korolenko
de Sade Praetorius Mistral Zetkin

Geständnisse

Heinrich Heine

Impressum

Autor: Heinrich Heine
Umschlagkonzept: toepferschumann, Berlin

Verlag: tredition GmbH, Hamburg
ISBN: 978-3-8424-9043-7
Printed in Germany

Ziel der TREDITION CLASSICS ist es, tausende deutsch- und
fremdsprachige Klassiker wieder in Buchform verfügbar zu
machen. Die Werke wurden eingescannt und digitalisiert. Dadurch
können etwaige Fehler nicht komplett ausgeschlossen werden.
Unsere Kooperationspartner und wir von tredition versuchen, die
Werke bestmöglich zu bearbeiten. Sollten Sie trotzdem einen Fehler
finden, bitten wir diesen zu entschuldigen. Die Rechtschreibung der
Originalausgabe wurde unverändert übernommen. Daher können
sich hinsichtlich der Schreibweise Widersprüche zu der heutigen
Rechtschreibung ergeben.

Text der Originalausgabe

Heinrich Heine

Geständnisse

Geschrieben im Winter 1854

Vorwort

Die nachfolgenden Blätter schrieb ich, um sie einer neuen Ausgabe meines Buches »De l'Allemagne« einzuverleiben. Voraussetzend, daß ihr Inhalt auch die Aufmerksamkeit des heimischen Publikums in Anspruch nehmen dürfte, veröffentliche ich diese Geständnisse ebenfalls in deutscher Sprache, und zwar noch vor dem Erscheinen der französischen Version. Zu dieser Vorsicht zwingt mich die Fingerfertigkeit sogenannter Übersetzer, die, obgleich ich jüngst in deutschen Blättern die Originalausgabe eines Opus ankündigte, dennoch sich nicht entblödeten, aus einer Pariser Zeitschrift, den bereits in französischer Sprache erschienenen Anfang meines Werks aufzuschnappen und als besondere Broschüre verdeutscht herauszugeben[1] , solchermaßen nicht bloß die literarische Reputation, sondern auch die Eigentumsinteressen des Autors beeinträchtigend. Dergleichen Schnapphähne sind weit verächtlicher als der Straßenräuber, der sich mutig der Gefahr des Gehenktwerdens aussetzt, während jene, mit feigster Sicherheit die Lücken unsrer Preßgesetzgebung ausbeutend, ganz straflos den armen Schriftsteller um seinen ebenso mühsamen wie kümmerlichen Erwerb bestehlen können. Ich will den besondern Fall, von welchem ich rede, hier nicht weitläufig erörtern; überrascht, ich gestehe es, hat die Büberei mich nicht. Ich habe mancherlei bittere Erfahrungen gemacht, und der alte Glaube oder Aberglaube an deutsche Ehrlichkeit ist bei mir sehr in die Krümpe gegangen. Ich kann es nicht verhehlen, daß ich, zumal während meines Aufenthalts in Frankreich, sehr oft das Opfer jenes Aberglaubens ward. Sonderbar genug, unter den Gaunern, die ich leider zu meinem Schaden kennenlernte, befand sich nur ein einziger Franzose, und dieser Gauner war gebürtig aus einem jener deutschen Gauen, die einst dem deutschen Reich entrissen, jetzt von unsern Patrioten zurückverlangt werden. Sollte ich, in der ethnographischen Weise des Leporello, eine illustrierte Liste von den respektiven Spitzbuben anfertigen, die mir die Tasche geleert, so würden freilich alle zivilisierten Länder darin zahlreich genug repräsentiert werden, aber die Palme bliebe doch dem Vaterlande,

---

[1] Die verbannten Götter von Heinrich Heine. Aus dem Französischen. Nebst Mitteilungen über den kranken Dichter. Berlin. Gustav Hempel. 1853.

welches das Unglaublichste geleistet, und ich könnte davon ein Lied singen mit dem Refrain:

»Aber in Deutschland tausend und drei!«

Charakteristisch ist es, daß unsern deutschen Schelmen immer eine gewisse Sentimentalität anklebt. Sie sind keine kalten Verstandesspitzbuben, sondern Schufte von Gefühl. Sie haben Gemüt, sie nehmen den wärmsten Anteil an dem Schicksal derer, die sie bestohlen, und man kann sie nicht loswerden. Sogar unsre vornehmen Industrieritter sind nicht bloße Egoisten, die nur für sich stehlen, sondern sie wollen den schnöden Mammon erwerben, um Gutes zu tun; in den Freistunden, wo sie nicht von ihren Berufsgeschäften, z. B. von der Direktion einer Gasbeleuchtung der böhmischen Wälder, in Anspruch genommen werden, beschützen sie Pianisten und Journalisten, und unter der buntgestickten, in allen Farben der Iris schillernden Weste trägt mancher auch ein Herz, und in dem Herzen den nagenden Bandwurm des Weltschmerzes. Der Industrielle, der mein obenerwähntes Opus in sogenannter Übersetzung als Broschüre herausgegeben, begleitete dieselbe mit einer Notiz über meine Person, worin er wehmütig meinen traurigen Gesundheitszustand bejammert, und durch eine Zusammenstellung von allerlei Zeitungsartikeln über mein jetziges klägliches Aussehen die rührendsten Nachrichten mitteilt, so daß ich hier von Kopf bis zu Fuß beschrieben bin, und ein witziger Freund bei dieser Lektüre lachend ausrufen konnte: »Wir leben wirklich in einer verkehrten Welt, und es ist jetzt der Dieb, welcher den Steckbrief des ehrlichen Mannes, den er bestohlen hat, zur öffentlichen Kunde bringt.« –

Geschrieben zu Paris, im März 1854.

Ein geistreicher Franzose – vor einigen Jahren hätten diese Worte einen Pleonasmus gebildet – nannte mich einst einen romantique défroqué. Ich hege eine Schwäche für alles was Geist ist, und so boshaft die Benennung war, hat sie mich dennoch höchlich ergötzt. Sie ist treffend. Trotz meiner exterminatorischen Feldzüge gegen die Romantik, blieb ich doch selbst immer ein Romantiker, und ich war es in einem höhern Grade, als ich selbst ahnte. Nachdem ich dem Sinne für romantische Poesie in Deutschland die tödlichsten Schläge beigebracht, beschlich mich selbst wieder eine unendliche Sehnsucht nach der blauen Blume im Traumlande der Romantik, und ich ergriff die bezauberte Laute und sang ein Lied, worin ich mich allen holdseligen Übertreibungen, aller Mondscheintrunkenheit, allem blühenden Nachtigallenwahnsinn der einst so geliebten Weise hingab. Ich weiß, es war »das letzte freie Waldlied der Romantik«, und ich bin ihr letzter Dichter: mit mir ist die alte lyrische Schule der Deutschen geschlossen, während zugleich die neue Schule, die moderne deutsche Lyrik, von mir eröffnet ward. Diese Doppelbedeutung wird mir von den deutschen Literarhistorikern zugeschrieben. Es ziemt mir nicht, mich hierüber weitläufig auszulassen, aber ich darf mit gutem Fuge sagen, daß ich in der Geschichte der deutschen Romantik eine große Erwähnung verdiene. Aus diesem Grunde hätte ich in meinem Buche »De l'Allemagne«, wo ich jene Geschichte der romantischen Schule so vollständig als möglich darzustellen suchte, eine Besprechung meiner eignen Person liefern müssen. Indem ich dieses unterließ, entstand eine Lakune, welcher ich nicht leicht abzuhelfen weiß. Die Abfassung einer Selbstcharakteristik wäre nicht bloß eine sehr verfängliche, sondern sogar eine unmögliche Arbeit. Ich wäre ein eitler Geck, wenn ich hier das Gute, das ich von mir zu sagen wüßte, drall hervorhübe, und ich wäre ein großer Narr, wenn ich die Gebrechen, deren ich mich vielleicht ebenfalls bewußt bin, vor aller Welt zur Schau stellte – Und dann, mit dem besten Willen der Treuherzigkeit kann kein Mensch über sich selbst die Wahrheit sagen. Auch ist dies niemandem bis jetzt gelungen, weder dem heiligen Augustin, dem frommen Bischof von Hippo, noch dem Genfer Jean Jacques Rousseau, und am allerwenigsten diesem letztern, der sich den Mann der Wahrheit und der Natur nannte, während er doch im Grunde viel verlogener und unnatürlicher war, als seine Zeitgenossen. Er ist freilich zu stolz, als daß er sich gute Eigenschaften oder schöne Handlungen fälschlich zuschriebe, er erfindet vielmehr die abscheulichsten Dinge zu seiner eignen Verunglimpfung. Verleumdete er sich etwa selbst, um mit desto größerm Schein von Wahrhaftigkeit auch andre, z. B. meinen armen Landsmann Grimm, verleumden zu können? Oder macht er unwahre Bekenntnisse, um wirkliche Vergehen darunter zu verbergen, da, wie männiglich bekannt ist, die Schmachgeschichten, die über uns im Umlauf sind, uns nur dann sehr schmerzhaft zu berühren pflegen, wenn sie Wahrheit enthalten, während unser Gemüt minder verdrießlich davon verletzt wird, wenn sie nur eitel Erfindnisse sind. So bin ich überzeugt, Jean Jacques hat das Band nicht gestohlen, das einer unschuldig angeklagten und fortgejagten Kammerjungfer Ehre und Dienst kostete; er hatte gewiß kein Talent zum Stehlen, er war viel zu blöde und täppisch, er, der künftige Bär der Eremitage. Er hat vielleicht eines andern Vergehens sich schuldig gemacht, aber es war kein Diebstahl. Auch hat er seine Kinder nicht ins Findelhaus geschickt, sondern nur die Kinder von Mademoiselle Therese Levasseur. Schon vor dreißig Jahren machte mich einer der größten deutschen Psychologen auf eine Stelle der Konfessionen aufmerksam, woraus bestimmt zu deduzieren war, daß Rousseau nicht der Vater jener Kinder sein konnte; der eitle Brummbär wollte sich lieber für einen barbarischen Vater ausgeben, als daß er den Verdacht ertrüge, aller Vaterschaft unfähig gewesen zu sein. Aber der Mann, der in seiner eignen Person auch die menschliche Natur verleumdete, er blieb ihr doch treu in bezug auf unsre Erbschwäche, die darin besteht, daß wir in den Augen der Welt immer anders erscheinen wollen, als wir wirklich sind. Sein Selbstporträt ist eine Lüge, bewundernswürdig ausgeführt, aber eine brillante Lüge. Da war der König der Aschantis, von welchem ich jüngst in einer afrikanischen Reisebeschreibung viel Ergötzliches las, viel ehrlicher, und das naive Wort dieses Negerfürsten, welches die oben angedeutete menschliche Schwäche so spaßhaft resümiert, will ich hier mitteilen. Als nämlich der Major Bowdich in der Eigenschaft eines Ministerresidenten von dem englischen Gouverneur des Kaps der Guten Hoffnung an den Hof jenes mächtigsten Monarchen Südafrikas geschickt ward, suchte er sich die Gunst der Höflinge und zumal der Hofdamen, die trotz ihrer schwarzen Haut mitunter außerordentlich schön waren, dadurch zu erwerben, daß er sie porträtierte. Der König, welcher die frappante Ähnlichkeit bewunderte, verlangte ebenfalls konterfeit zu werden und hatte dem Maler bereits einige Sitzungen gewidmet, als dieser zu bemerken glaubte, daß der König, der oft aufgesprungen war, um die Fortschritte des Porträts zu beobachten, in seinem Antlitze einige Unruhe und die grimassierende Verlegenheit eines Mannes verriet, der einen Wunsch auf der Zunge hat, aber doch keine Worte dafür finden kann – der Maler drang jedoch so lange in Seine Majestät, ihm Ihr allerhöchstes Begehr kundzugeben, bis der arme Negerkönig endlich kleinlaut ihn fragte: ob es nicht anginge, daß er ihn *weiß* malte?

Das ist es. Der schwarze Negerkönig will weiß gemalt sein. Aber lacht nicht über den armen Afrikaner – jeder Mensch ist ein solcher Negerkönig, und jeder von uns möchte dem Publikum in einer andern Farbe erscheinen, als die ist, womit uns die Fatalität angestrichen hat. Gottlob, daß ich dieses begreife, und ich werde mich daher hüten, hier in diesem Buche mich selbst abzukonterfeien. Doch der Lakune, welche dieses mangelnde Porträt verursacht, werde ich in den folgenden Blättern einigermaßen abzuhelfen suchen, indem ich hier genugsam Gelegenheit finde, meine Persönlichkeit so bedenklich als möglich hervortreten zu lassen. Ich habe mir nämlich die Aufgabe gestellt, hier nachträglich die Entstehung dieses Buches und die philosophischen und religiösen Variationen, die seit seiner Abfassung im Geiste des Autors vorgefallen, zu beschreiben, zu Nutz und Frommen des Lesers dieser neuen Ausgabe meines Buches » *De l'Allemagne.*«

Seid ohne Sorge, ich werde mich nicht zu weiß malen, und meine Nebenmenschen nicht zu sehr anschwärzen. Ich werde immer meine Farbe ganz getreu angeben, damit man wisse, wie weit man meinem Urteil trauen darf, wenn ich Leute von andrer Farbe bespreche.

Ich erteilte meinem Buche denselben Titel, unter welchem Frau von Staël ihr berühmtes Werk, das denselben Gegenstand behandelt, herausgegeben hat, und zwar tat ich es aus polemischer Absicht. Daß eine solche mich leitete, verleugne ich keineswegs; doch indem ich von vornherein erkläre, eine Parteischrift geliefert zu haben, leiste ich dem Forscher der Wahrheit vielleicht bessere Dienste, als wenn ich eine gewisse laue Unparteilichkeit erheuchelte, die immer eine Lüge und dem befehdeten Autor verderblicher ist, als die entschiedenste Feindschaft. Da Frau von Staël ein Autor von Genie ist und einst die Meinung aussprach, daß das Genie kein Geschlecht habe, so kann ich mich bei dieser Schriftstellerin auch jener galanten Schonung überheben, die wir gewöhnlich den Damen angedeihen lassen, und die im Grunde doch nur ein mitleidiges Zertifikat ihrer Schwäche ist.

Ist die banale Anekdote wahr, welche man in bezug auf obige Äußerung von Frau von Staël erzählt, und die ich bereits in meinen Knabenjahren unter andern Bonmots des Empires vernahm? Es heißt nämlich, zur Zeit wo Napoleon noch erster Konsul war, sei einst Frau von Staël nach der Behausung desselben gekommen, um ihm einen Besuch abzustatten; doch trotzdem daß der diensttuende Huissier ihr versicherte, nach strenger Weisung niemanden vorlassen zu dürfen, habe sie dennoch unerschütterlich darauf bestanden, seinem ruhmreichen Hausherrn unverzüglich angekündigt zu werden. Als dieser letztere ihr hierauf sein Bedauern vermelden ließ, daß er die verehrte Dame nicht empfangen könne, sintemalen er sich eben im Bade befände, soll dieselbe ihm die famose Antwort zurückgeschickt haben, daß solches kein Hindernis wäre, denn das Genie habe kein Geschlecht.

Ich verbürge nicht die Wahrheit dieser Geschichte; aber sollte sie auch unwahr sein, so bleibt sie doch gut erfunden. Sie schildert die Zudringlichkeit womit die hitzige Person den Kaiser verfolgte. Er hatte nirgends Ruhe vor ihrer Anbetung. Sie hatte sich einmal in den Kopf gesetzt, daß der größte Mann des Jahrhunderts auch mit der größten Zeitgenossin mehr oder minder idealisch gepaart werden müsse. Aber als sie einst, in Erwartung eines Kompliments, an den Kaiser die Frage richtete: welche Frau er für die größte seiner Zeit halte? antwortete jener: Die Frau, welche die meisten Kinder zur Welt gebracht. Das war nicht galant, wie denn nicht zu leugnen ist, daß der Kaiser den Frauen gegenüber nicht jene zarten Zuvorkommenheiten und Aufmerksamkeiten ausübte, welche die Französinnen so sehr lieben. Aber diese letztern werden nie durch taktloses Benehmen irgendeine Unartigkeit selbst hervorrufen, wie es die berühmte Genferin getan, die bei dieser Gelegenheit bewies, daß sie trotz ihrer physischen Beweglichkeit von einer gewissen heimatlichen Unbeholfenheit nicht frei geblieben.

Als die gute Frau merkte, daß sie mit all ihrer Andringlichkeit nichts ausrichtete, tat sie was die Frauen in solchen Fällen zu tun pflegen, sie erklärte sich gegen den Kaiser, räsonierte gegen seine brutale und ungalante Herrschaft, und räsonierte so lange bis ihr die Polizei den Laufpaß gab. Sie flüchtete nun zu uns nach Deutschland, wo sie Materialien sammelte zu dem berühmten Buche, das den deutschen Spiritualismus als das Ideal aller Herrlichkeit feiern sollte, im Gegensatze zu dem Materialismus des imperialen Frankreichs. Hier bei uns machte sie gleich einen großen Fund. Sie begegnete nämlich einem Gelehrten namens August Wilhelm Schlegel. Das war ein Genie ohne Geschlecht. Er wurde ihr getreuer Cicerone und begleitete sie auf ihrer Reise durch alle Dachstuben der deutschen Literatur. Sie hatte einen unbändig großen Turban aufgestülpt, und war jetzt die Sultanin des Gedankens. Sie ließ unsre Literaten gleichsam geistig die Revue passieren, und parodierte dabei den großen Sultan der Materie. Wie dieser die Leute mit einem: wie alt sind Sie? wieviel Kinder haben Sie? wieviel Dienstjahre? usw. anging, so frug jene unsre Gelehrten: wie alt sind Sie? was haben Sie geschrieben? sind Sie Kantianer oder Fichteaner? und dergleichen Dinge, worauf die Dame kaum die Antwort abwartete, die der getreue Mamluck August Wilhelm Schlegel, ihr Rustan, hastig in sein Notizenbuch einzeichnete. Wie Napoleon diejenige Frau für die größte erklärte, welche die meisten Kinder zur Welt gebracht, so erklärte die Staël denjenigen Mann für den größten, der die meisten Bücher geschrieben. Man hat keinen Begriff davon, welchen Spektakel sie bei uns machte, und Schriften, die erst unlängst erschienen, z. B. die Memoiren der Caroline Pichler, die Briefe der Varnhagen und der Bettina Arnim, auch die Zeugnisse von Eckermann, schildern ergötzlich die Not, welche uns die Sultanin des Gedankens bereitete, zu einer Zeit, wo der Sultan der Materie uns schon genug Tribulationen verursachte. Es war geistige Einquartierung, die zunächst auf die Gelehrten fiel. Diejenigen Literatoren, womit die vortreffliche Frau ganz besonders zufrieden war, und die ihr persönlich durch den Schnitt ihres Gesichtes oder die Farbe ihrer Augen gefielen, konnten eine ehrenhafte Erwähnung, gleichsam das Kreuz der Legion d'honneur, in ihrem Buche »De l'Allemagne« erwarten. Dieses Buch macht auf mich immer einen so komischen wie ärgerlichen Eindruck. Hier sehe ich die passionierte Frau mit all ihrer Turbulenz, ich sehe wie dieser Sturmwind in

Weibskleidern durch unser ruhiges Deutschland fegte, wie sie überall entzückt ausruft: »Welche labende Stille weht mich hier an!« Sie hatte sich in Frankreich echauffiert und kam nach Deutschland, um sich bei uns abzukühlen. Der keusche Hauch unsrer Dichter tat ihrem heißen, sonnigen Busen so wohl! Sie betrachtete unsre Philosophen wie verschiedene Eissorten, und verschluckte Kant als Sorbett von Vanille, Fichte als Pistache, Schelling als Arlequin! – «O wie hübsch kühl ist es in euren Wäldern« – rief sie beständig – »welcher erquickende Veilchengeruch! wie zwitschern die Zeisige so friedlich in ihrem deutschen Nestchen! Ihr seid ein gutes tugendhaftes Volk, und habt noch keinen Begriff von dem Sittenverderbnis, das bei uns herrscht, in der Rue du Bac.«

Die gute Dame sah bei uns nur was sie sehen wollte: ein nebelhaftes Geisterland, wo die Menschen ohne Leiber, ganz Tugend, über Schneegefilde wandeln, und sich nur von Moral und Metaphysik unterhalten! Sie sah bei uns überall nur was sie sehen wollte, und hörte nur was sie hören und wiedererzählen wollte – und dabei hörte sie doch nur wenig, und nie das Wahre, einesteils weil sie immer selber sprach, und dann weil sie mit ihren barschen Fragen unsre bescheidenen Gelehrten verwirrte und verblüffte, wenn sie mit ihnen diskutierte. –«Was ist Geist?« sagte sie zu dem blöden Professor Bouterwek, indem sie ihr dickfleischiges Bein auf seine dünnen, zitternden Lenden legte. »Ach«, schrieb sie dann: »wie interessant ist dieser Bouterwek! Wie der Mann die Augen niederschlägt! Das ist mir nie passiert mit meinen Herren zu Paris, in der Rue du Bac!« Sie sieht überall deutschen Spiritualismus, sie preist unsre Ehrlichkeit, unsre Tugend, unsre Geistesbildung – sie sieht nicht unsre Zuchthäuser, unsre Bordelle, unsre Kasernen – man sollte glauben, daß jeder Deutsche den Prix Monthyon verdiente – Und das alles, um den Kaiser zu nergeln, dessen Feinde wir damals waren.

Der Haß gegen den Kaiser ist die Seele dieses Buches »De l'Allemagne«, und obgleich sein Name nirgends darin genannt wird, sieht man doch, wie die Verfasserin bei jeder Zeile nach den Tuilerien schielt. Ich zweifle nicht, daß das Buch den Kaiser weit empfindlicher verdrossen hat, als der direkteste Angriff, denn nichts verwundet einen Mann so sehr, wie kleine weibliche Nadelstiche.

Wir sind auf große Schwertstreiche gefaßt, und man kitzelt uns an den kitzligsten Stellen.

O die Weiber! Wir müssen ihnen viel verzeihen, denn sie lieben viel, und so gar viele. Ihr Haß ist eigentlich nur eine Liebe, welche umgesattelt hat. Zuweilen suchen sie auch uns Böses zuzufügen, weil sie dadurch einem andern Manne etwas Liebes zu erweisen denken. Wenn sie schreiben, haben sie ein Auge auf das Papier und das andre auf einen Mann gerichtet, und dieses gilt von allen Schriftstellerinnen, mit Ausnahme der Gräfin Hahn-Hahn, die nur ein Auge hat. Wir männlichen Schriftsteller haben ebenfalls unsre vorgefaßten Sympathien, und wir schreiben für oder gegen eine Sache, für oder gegen eine Idee, für oder gegen eine Partei; die Frauen jedoch schreiben immer für oder gegen einen einzigen Mann, oder besser gesagt, wegen eines einzigen Mannes. Charakteristisch ist bei ihnen ein gewisser Cancan, der Klüngel, den sie auch in die Literatur herüberbringen, und der mir weit fataler ist, als die roheste Verleumdungswut der Männer. Wir Männer lügen zuweilen. Die Weiber, wie alle passive Naturen, können selten erfinden, wissen jedoch das Vorgefundene dergestalt zu entstellen, daß sie uns dadurch noch weit sicherer schaden, als durch entschiedene Lügen. Ich glaube wahrhaftig, mein Freund Balzac hatte recht, als er mir einst in einem sehr seufzenden Tone sagte:»La femme est un être dangereux.«

Ja, die Weiber sind gefährlich; aber ich muß doch die Bemerkung hinzufügen, daß die schönen nicht so gefährlich sind, als die, welche mehr geistige als körperliche Vorzüge besitzen. Denn jene sind gewohnt, daß ihnen die Männer den Hof machen, während die andern der Eigenliebe der Männer entgegenkommen, und durch den Köder der Schmeichelei einen größern Anhang gewinnen, als die Schönen. Ich will damit beileibe nicht andeuten, als ob Frau von Staël häßlich gewesen sei; aber eine Schönheit ist ganz etwas anderes. Sie hatte angenehme Einzelheiten, welche aber ein sehr unangenehmes Ganze bildeten; besonders unerträglich für nervöse Personen, wie es der selige Schiller gewesen, war ihre Manie, beständig einen kleinen Stengel oder eine Papierdüte zwischen den Fingern wirbelnd herumzudrehen – dieses Manövre machte den armen Schiller schwindlicht, und er ergriff in Verzweiflung alsdann ihre schöne Hand, um sie festzuhalten, und Frau von Staël glaubte, der gefühlvolle Dichter sei hingerissen von dem Zauber ihrer Persönlichkeit. Sie hatte in der Tat sehr schöne Hände, wie man mir sagt, und auch die schönsten Arme, die sie immer nackt sehen ließ; gewiß, die Venus von Milo hätte keine so schönen Arme aufzuweisen. Ihre Zähne überstrahlten an Weiße das Gebiß der kostbarsten Rosse Arabiens. Sie hatte sehr große schöne Augen, ein Dutzend Amoretten würden Platz gefunden haben auf ihren Lippen, und ihr Lächeln soll sehr holdselig gewesen sein. Häßlich war sie also nicht – keine Frau ist häßlich – soviel läßt sich aber mit Fug behaupten: wenn die schöne Helena von Sparta so ausgesehen hätte, so wäre der ganze Trojanische Krieg nicht entstanden, die Burg des Priamus wäre nicht verbrannt worden, und Homer hätte nimmermehr besungen den Zorn des Peliden Achilles.

Frau von Staël hatte sich, wie oben gesagt, gegen den großen Kaiser erklärt, und machte ihm den Krieg. Aber sie beschränkte sich nicht darauf, Bücher gegen ihn zu schreiben; sie suchte ihn auch durch nichtliterarische Waffen zu befehden: sie war einige Zeit die Seele aller jener aristokratischen und jesuitischen Intrigen, die der Koalition gegen Napoleon vorangingen, und wie eine wahre Hexe kauerte sie an dem brodelnden Topfe, worin alle diplomatischen Giftmischer, ihre Freunde Talleyrand, Metternich, Pozzo-di-Borgo, Castlereagh usw., dem großen Kaiser sein Verderben eingebrockt hatten. Mit dem Kochlöffel des Hasses rührte das Weib herum in dem fatalen Topfe, worin zugleich das Unglück der ganzen Welt gekocht wurde. Als der Kaiser unterlag, zog Frau von Staël siegreich ein in Paris mit ihrem Buche »De l'Allemagne« und in Begleitung von einigen hunderttausend Deutschen, die sie gleichsam als eine pompöse Illustration ihres Buches mitbrachte. Solchermaßen illustriert durch lebendige Figuren mußte das Werk sehr an Authentizität gewinnen, und man konnte sich hier durch den Augenschein überzeugen, daß der Autor uns Deutsche und unsre vaterländischen Tugenden sehr treu geschildert hatte. Welches köstliche Titelkupfer war jener Vater Blücher, diese alte Spielratte, dieser ordinäre Knaster, welcher einst einen Tagesbefehl erteilt hatte, worin er sich vermaß, wenn er den Kaiser lebendig finge, denselben *aushauen* zu lassen. Auch unsern A. W. v. Schlegel brachte Frau von Staël mit nach Paris, und das war ein Musterbild deutscher Naivetät und Heldenkraft. Es folgte ihr ebenfalls Zacharias Werner, dieses Modell deutscher Reinlichkeit, hinter welchem die entblößten Schönen des Palais-Royal lachend einherliefen. Zu den interessanten Figuren, welche sich damals in ihrem deutschen Kostüme den Parisern vorstellten, gehörten auch die Herren Görres, Jahn und Ernst Moritz Arndt, die drei berühmtesten Franzosenfresser, eine drollige Gattung Bluthunde, denen der berühmte Patriot Börne in seinem Buche »Menzel, der Franzosenfresser« diesen Namen erteilt hat. Besagter Menzel ist keineswegs, wie einige glauben, eine fingierte Personnage, sondern er hat wirklich in Stuttgart existiert oder vielmehr ein Blatt herausgegeben, worin er täglich ein halb Dutzend Franzosen abschlachtete und mit Haut und Haar auffraß; wenn er seine sechs Franzosen verzehrt hatte, pflegte er manchmal noch obendrein einen Juden zu fressen, um im Munde einen guten Geschmack zu behalten, pour se faire la bonne bouche. Jetzt hat er längst ausgebellt, und zahnlos, räudig, verlungert er im Makulaturwinkel irgendeines schwäbischen Buchladens. Unter den Musterdeutschen, welche zu Paris im Gefolge der Frau von Staël zu sehen waren, befand sich auch Friedrich von Schlegel, welcher gewiß die gastronomische Asketik oder den Spiritualismus des gebratenen Hühnertums repräsentierte; ihn begleitete seine würdige Gattin Dorothea, geborne Mendelssohn und entlaufene Veit. Ich darf hier ebenfalls eine andre Illustration dieser Gattung, einen merkwürdigen Akoluthen der Schlegel, nicht mit Stillschweigen übergehen. Dieses ist ein deutscher Baron, welcher, von den Schlegeln besonders rekommandiert, die germanische Wissenschaft in Paris repräsentieren sollte. Er war gebürtig aus Altona, wo er einer der angesehensten israelitischen Familien angehörte. Sein Stammbaum, welcher bis zu Abraham, dem Sohne Thaers und Ahnherrn Davids, des Königs über Juda und Israel, hinaufreichte, berechtigte ihn hinlänglich, sich einen Edelmann zu nennen, und da er, wie der Synagoge, auch späterhin dem Protestantismus entsagte, und letztern förmlich abschwörend, sich in den Schoß der römisch-katholischen, alleinseligmachenden Kirche begeben hatte, durfte er auch mit gutem Fug auf den Titel eines katholischen Barons Anspruch machen. In dieser Eigenschaft, und um die feudalistischen und klerikalischen Interessen zu vertreten, stiftete er zu Paris ein Journal, betitelt: »Le catholique«. Nicht bloß in diesem Blatte, sondern auch in den Salons einiger frommen Douairièren des edlen Faubourgs, sprach der gelehrte Edelmann beständig von Buddha und wieder von Buddha, und weitläufig gründlich bewies er, daß es zwei Buddha gegeben, was ihm die Franzosen schon auf sein bloßes Ehrenwort als Edelmann geglaubt hätten, und er wies nach, wie sich das Dogma der Trinität schon in den indischen Trimurtis befunden, und er zitierte den Ramayana, den Mahabharata, die Upnekats, die Kuh Sabala und den König Wiswamitra, die snorrische Edda und noch viele unentdeckte Fossilien und Mammutsknochen, und er war dabei ganz antediluvianisch trocken und sehr langweilig, was immer die Franzosen blendet. Da er beständig zurückkam auf Buddha und dieses Wort vielleicht komisch aussprach, haben ihn die frivolen Franzosen zuletzt den Baron Buddha genannt. Unter diesem Namen fand ich ihn im Jahre 1831 zu Paris, und als ich ihn mit einer sazerdotalen und fast synagogikalen Gravität seine Gelehrsamkeit ableiern hörte, erinnerte er mich an einen komischen Kauz im »Vicar of Wakefield« von Goldsmith, welcher, wie ich glaube, Mr. Jenkinson hieß und jedesmal, wenn er einen Gelehrten antraf, den er prellen wollte, einige Stellen aus Manetho, Berosus und Sanchuniathon zitierte; das Sanskrit war damals noch nicht erfunden. – Ein deutscher Baron idealern Schlages war mein armer Freund Friedrich de la Motte Fouqué, welcher damals, der Kollektion der Frau von Staël angehörend, auf seiner hohen Rosinante in Paris einritt. Er war ein Don Quijote vom Wirbel bis zur Zehe; las man seine Werke, so bewunderte man – Cervantes.

Aber unter den französischen Paladinen der Frau von Staël war mancher gallische Don Quijote, der unsern germanischen Rittern in der Narrheit nicht nachzustehen brauchte, z. B. ihr Freund, der Vicomte Chateaubriand, der Narr mit der schwarzen Schellenkappe, der zu jener Zeit der siegenden Romantik von seiner frommen Pilgerfahrt zurückkehrte. Er brachte eine ungeheuer große Flasche Wasser aus dem Jordan mit nach Paris, und seine im Laufe der Revolution wieder heidnisch gewordenen Landsleute taufte er aufs neue mit diesem heiligen Wasser, und die begossenen Franzosen wurden jetzt wahre Christen und entsagten dem Satan und seinen Herrlichkeiten, bekamen im Reiche des Himmels Ersatz für die Eroberungen, die sie auf Erden einbüßten, worunter z. B. die Rheinlande, und bei dieser Gelegenheit wurde ich ein Preuße.

Ich weiß nicht, ob die Geschichte begründet ist, daß Frau von Staël während der hundert Tage dem Kaiser den Antrag machen ließ, ihm den Beistand ihrer Feder zu leihen, wenn er zwei Millionen, die Frankreich ihrem Vater schuldig geblieben sei, ihr auszahlen wolle. Der Kaiser, der mit dem Gelde der Franzosen, die er genau kannte, immer sparsamer war, als mit ihrem Blute, soll sich auf diesen Handel nicht eingelassen haben, und die Tochter der Alpen bewährte das Volkswort: point d'argent, point de Suisses. Der Beistand der talentvollen Dame hätte übrigens damals dem Kaiser wenig gefruchtet, denn bald darauf ereignete sich die Schlacht bei Waterloo.

Ich habe oben erwähnt, bei welcher traurigen Gelegenheit ich ein Preuße wurde. Ich war geboren im letzten Jahre des vorigen Jahrhunderts zu Düsseldorf, der Hauptstadt des Herzogtums Berg, welches damals den Kurfürsten von der Pfalz gehörte. Als die Pfalz dem Hause Bayern anheimfiel und der bayrische Fürst Maximilian Joseph vom Kaiser zum König von Bayern erhoben und sein Reich durch einen Teil von Tirol und andern angrenzenden Ländern vergrößert wurde, hat der König von Bayern das Herzogtum Berg zugunsten Joachim Murats, Schwagers des Kaisers, abgetreten; diesem letztern ward nun, nachdem seinem Herzogtum noch angrenzende Provinzen hinzugefügt worden, als Großherzog von Berg gehuldigt. Aber zu jener Zeit ging das Avancement sehr schnell, und es dauerte nicht lange, so machte der Kaiser den Schwager Murat zum König von Neapel, und derselbe entsagte der Souveränität des Großherzogtums Berg zugunsten des Prinzen François, welcher ein Neffe des Kaisers und ältester Sohn des Königs Ludwig von Holland und der schönen Königin Hortense war. Da derselbe nie abdizierte, und sein Fürstentum, das von den Preußen okkupiert ward, nach seinem Ableben dem Sohne des Königs von Holland, dem Prinzen Louis Napoleon Bonaparte de jure zufiel, so ist letzterer, welcher jetzt auch Kaiser der Franzosen ist, mein legitimer Souverän.

An einem andern Orte, in meinen Memoiren, erzähle ich weitläufiger als es hier geschehen dürfte, wie ich nach der Juliusrevolution nach Paris übersiedelte, wo ich seitdem ruhig und zufrieden lebe. Was ich während der Restauration getan und gelitten, wird ebenfalls zu einer Zeit mitgeteilt werden, wo die uneigennützige Absicht solcher Mitteilungen keinem Zweifel und keiner Verdächtigung begegnen kann. – – Ich hatte viel getan und gelitten, und als die Sonne der Juliusrevolution in Frankreich aufging, war ich nachgerade sehr müde geworden und bedurfte einiger Erholung. Auch ward mir die heimatliche Luft täglich ungesunder, und ich mußte ernstlich an eine Veränderung des Klimas denken. Ich hatte Visionen; die Wolkenzüge ängstigten mich und schnitten mir allerlei fatale Fratzen. Es kam mir manchmal vor, als sei die Sonne eine preußische Kokarde; des Nachts träumte ich von einem häßlichen schwarzen Geier, der mir die Leber fraß, und ich ward sehr melancholisch. Dazu hatte ich einen alten Berliner Justizrat kennengelernt, der viele Jahre auf der Festung Spandau zugebracht und mir erzählte, wie es unangenehm sei, wenn man im Winter die Eisen tragen müsse. Ich fand es in der Tat sehr unchristlich, daß man den Menschen die Eisen nicht ein bißchen wärme. Wenn man uns die Ketten ein wenig wärmte, würden sie keinen so unangenehmen Eindruck machen, und selbst fröstelnde Naturen könnten sie dann gut ertragen; man sollte auch die Vorsicht anwenden, die Ketten mit Essenzen von Rosen und Lorbeeren zu parfümieren, wie es hierzulande geschieht. Ich frug meinen Justizrat, ob er zu Spandau oft Austern zu essen bekommen? Er sagte nein, Spandau sei zu weit vom Meere entfernt. Auch das Fleisch, sagte er, sei dort rar, und es gebe dort kein anderes Geflügel, als die Fliegen, die einem in die Suppe fielen. Zu gleicher Zeit lernte ich einen französischen commis voyageur kennen, der für eine Weinhandlung reiste und mir nicht genug zu rühmen wußte, wie lustig man jetzt in Paris lebe, wie der Himmel dort voller Geigen hänge, wie man dort von morgens bis abends die Marseillaise und En avant marchons und Lafayette aux cheveux blancs singe, und Freiheit, Gleichheit und Brüderschaft an allen Straßenecken geschrieben stehe; dabei lobte er auch den Champagner seines Hauses, von dessen Adresse er mir eine große Anzahl Exemplare gab, und er versprach mir Empfehlungsbriefe für die besten Pariser Restaurants, im Fall ich die Hauptstadt zu meiner Erheiterung besuchen wollte. Da ich nun wirklich einer Aufheiterung bedurfte, und Spandau zu weit vom Meere entfernt ist, um dort Austern zu essen, und mich die Spandauer Geflügelsuppen nicht sehr lockten, und auch obendrein die preußischen Ketten im Winter sehr kalt sind und meiner Gesundheit nicht zuträglich sein konnten, so entschloß ich mich, nach Paris zu reisen und im Vaterland des Champagners und der Marseillaise jenen zu trinken und diese letztere, nebst En avant marchons und Lafayette aux cheveux blancs, singen zu hören.

Den 1. Mai 1831 fuhr ich über den Rhein. Den alten Flußgott, den Vater Rhein, sah ich nicht, und ich begnügte mich, ihm meine Visitenkarte ins Wasser zu werfen. Er saß, wie man mir sagte, in der Tiefe und studierte wieder die französische Grammatik von Meidinger, weil er nämlich während der preußischen Herrschaft große Rückschritte im Französischen gemacht hatte, und sich jetzt eventualiter aufs neue einüben wollte. Ich glaubte, ihn unten konjugieren zu hören: j'aime, tu aimes, il aime, nous aimons – Was liebt er aber? In keinem Fall die Preußen. Den Straßburger Münster sah ich nur von fern; er wackelte mit dem Kopfe, wie der alte getreue Eckart, wenn er einen jungen Fant erblickt, der nach dem Venusberge zieht.

Zu Saint-Denis erwachte ich aus einem süßen Morgenschlafe, und hörte zum ersten Male den Ruf der Coucouführer: Paris! Paris! sowie auch das Schellengeklingel der Coco-Verkäufer. Hier atmet man schon die Luft der Hauptstadt, die am Horizonte bereits sichtbar. Ein alter Schelm von Lohnbedienter wollte mich bereden, die Königsgräber zu besuchen, aber ich war nicht nach Frankreich gekommen, um tote Könige zu sehen; ich begnügte mich damit, mir von jenem Cicerone die Legende des Ortes erzählen zu lassen, wie nämlich der böse Heidenkönig dem Heiligen Denis den Kopf abschlagen ließ, und dieser mit dem Kopf in der Hand von Paris nach Saint-Denis lief, um sich dort begraben und den Ort nach seinem Namen nennen zu lassen. Wenn man die Entfernung bedenke, sagte mein Erzähler, müsse man über das Wunder staunen, daß jemand so weit zu Fuß ohne Kopf gehen konnte – doch setzte er mit einem sonderbaren Lächeln hinzu: dans des cas pareils, il n'y a que le premier pas qui coute. Das war zwei Franken wert, und ich gab sie ihm, pour l'amour de Voltaire. In zwanzig Minuten war ich in Paris, und zog ein durch die Triumphpforte des Boulevards Saint-Denis, die ursprünglich zu Ehren Ludwigs XIV. errichtet worden, jetzt aber zur Verherrlichung meines Einzugs in Paris diente. Wahrhaft überraschte mich die Menge von geputzten Leuten, die sehr geschmackvoll gekleidet waren wie Bilder eines Modejournals. Dann imponierte mir, daß sie alle französisch sprachen, was bei uns ein Kennzeichen der vornehmen Welt; hier ist also das ganze Volk so vornehm wie bei uns der Adel. Die Männer waren alle so höflich, und die schönen Frauen so lächelnd. Gab mir jemand unversehens einen Stoß, ohne gleich um Verzeihung zu bitten, so konnte ich darauf wetten, daß es ein Landsmann war; und wenn irgendeine Schöne etwas allzu säuerlich aussah, so hatte sie entweder Sauerkraut gegessen, oder sie konnte Klopstock im Original lesen. Ich fand alles so amüsant, und der Himmel war so blau und die Luft so liebenswürdig, so generös, und dabei flimmerten noch hie und da die Lichter der Julisonne; die Wangen der schönen Lutetia waren noch rot von den Flammenküssen dieser Sonne, und an ihrer Brust war noch nicht ganz verwelkt der bräutliche Blumenstrauß. An den Straßenecken waren freilich hie und da die liberté, egalité, fraternité schon wieder abgewischt. Ich besuchte sogleich die Restaurants, denen ich empfohlen war; diese Speisewirte versicherten mir, daß sie mich auch ohne Empfehlungsschreiben gut aufgenommen hätten, da ich ein so honettes und distinguiertes Äußere besäße, das sich von selbst empfehle. Nie hat mir ein deutscher Garkoch dergleichen gesagt, wenn er auch ebenso dachte; so ein Flegel meint, er müsse uns das Angenehme verschweigen, und seine deutsche Offenheit verpflichte ihn, nur widerwärtige Dinge uns ins Gesicht zu sagen. In den Sitten und sogar in der Sprache der Franzosen ist so viel köstliche Schmeichelei, die so wenig kostet, und doch so wohltätig und erquickend. Meine Seele, die arme Sensitive, welche die Scheu vor vaterländischer Grobheit so sehr zusammengezogen hatte, erschloß sich wieder jenen schmeichlerischen Lauten der französischen Urbanität. Gott hat uns die Zunge gegeben, damit wir unsern Mitmenschen etwas Angenehmes sagen.

Mit dem Französischen haperte es etwas bei meiner Ankunft; aber nach einer halbstündigen Unterredung mit einer kleinen Blumenhändlerin im Passage de l'Opéra ward mein Französisch, das seit der Schlacht bei Waterloo eingerostet war, wieder flüssig, ich stotterte mich wieder hinein in die galantesten Konjugationen und erklärte der Kleinen sehr verständlich das Linnéische System, wo man die Blumen nach ihren Staubfäden einteilt; die Kleine folgte einer andern Methode und teilte die Blumen ein in solche die gut röchen und in solche welche stänken. Ich glaube, auch bei den Männern beobachtete sie dieselbe Klassifikation. Sie war erstaunt, daß ich trotz meiner Jugend so gelehrt sei, und posaunte meinen gelehrten Ruf im ganzen Passage de l'Opéra. Ich sog auch hier die Wohldüfte der Schmeichelei mit Wonne ein, und amüsierte mich sehr. Ich wandelte auf Blumen, und manche gebratene Taube flog mir ins offne, gaffende Maul. Wieviel Amüsantes sah ich hier bei meiner Ankunft! Alle Notabilitäten des öffentlichen Ergötzens und der offiziellen Lächerlichkeit. Die ernsthaften Franzosen waren die amüsantesten. Ich sah Arnal, Bouffé, Déjazet, Deburau, Odry, Mademoiselle Georges und die große Marmite im Invalidenpalaste. Ich sah die Morgue, die Académie française, wo ebenfalls viele unbekannte Leichen ausgestellt, und endlich die Nekropolis des Luxemburg, worin alle Mumien des Meineids, mit den einbalsamierten falschen Eiden, die sie allen Dynastien der französischen Pharaonen geschworen. Ich sah im Jardin-des-Plantes die Giraffe, den Bock mit drei Beinen und die Känguruhs, die mich ganz besonders amüsierten. Ich sah auch Herrn von Lafayette und seine weißen Haare, letztere aber sah ich aparte, da solche in einem Medaillon befindlich waren, welches einer schönen Dame am Halse hing, während er selbst, der Held beider Welten, eine braune Perücke trug, wie alle alte Franzosen. Ich besuchte die königliche Bibliothek, und sah hier den Conservateur der Medaillen, die eben gestohlen worden; ich sah dort auch in einem obskuren Korridor den Zodiakus von Dhontera, der einst so viel Aufsehen erregt hatte, und am selben Tage sah ich Madame Recamier, die berühmteste Schönheit zur Zeit der Merowinger, sowie auch Herrn Ballanche, der zu den pièces justificatives ihrer Tugend gehörte, und den sie seit undenklicher Zeit überall mit sich herumschleppte. Leider sah ich nicht Herrn von Chateaubriand, der mich gewiß amüsiert hätte. Dafür sah ich aber in der grande Chaumière den père Lahire, in einem Momente, wo er bougrement en colère war; er hatte eben zwei junge Robespierre mit weit aufgeklappten weißen Tugendwesten bei den Krägen erfaßt und vor die Türe gesetzt; einen kleinen Saint-Just, der sich mausig machte, schmiß er ihnen nach, und einige hübsche Citoyennes des Quartier Latin, welche über Verletzung der Menschheitsrechte klagten, hätte schier dasselbe Schicksal betroffen. In einem andern, ähnlichen Lokal sah ich den berühmten Chiccard, den berühmten Lederhändler und Cancantänzer, eine vierschrötige Figur, deren rotaufgedunsenes Gesicht gegen die blendend weiße Krawatte vortrefflich abstach; steif und ernsthaft glich er einem Mairie-Adjunkten, der sich eben anschickt, eine Rosière zu bekränzen. Ich bewunderte seinen Tanz, und ich sagte ihm, daß derselbe große Ähnlichkeit habe mit dem antiken Silenostanz, den man bei den Dionysien tanzte, und der von dem würdigen Erzieher des Bacchus, dem Silenos, seinen Namen empfangen. Herr Chiccard sagte mir viel Schmeichelhaftes über meine Gelehrsamkeit und präsentierte mich einigen Damen seiner Bekanntschaft, die ebenfalls nicht ermangelten, mein gründliches Wissen herumzurühmen, so daß sich bald mein Ruf in ganz Paris verbreitete, und die Direktoren von Zeitschriften mich aufsuchten; um meine Kollaboration zu gewinnen.

Zu den Personen, die ich bald nach meiner Ankunft in Paris sah, gehört auch Victor Bohain, und ich erinnere mich mit Freude dieser jovialen, geistreichen Figur, die durch liebenswürdige Anregungen viel dazu beitrug, die Stirne des deutschen Träumers zu entwölken und sein vergrämtes Herz in die Heiterkeit des französischen Lebens einzuweihen. Er hatte damals die »Europe littéraire« gestiftet, und als Direktor derselben kam er zu mir mit dem Ansuchen, einige Artikel über Deutschland in dem Genre der Frau von Staël für seine Zeitschrift zu schreiben. Ich versprach, die Artikel zu liefern, jedoch ausdrücklich bemerkend, daß ich sie in einem ganz entgegengesetzten Genre schreiben würde. »Das ist mir gleich« – war die lachende Antwort – »außer dem genre ennuyeux gestatte ich wie Voltaire jedes Genre.« Damit ich armer Deutscher nicht in das genre ennuyeux verfiele, lud Freund Bohain mich oft zu Tische und begoß meinen Geist mit Champagner. Niemand wußte besser wie er ein Diner anzuordnen, wo man nicht bloß die beste Küche, sondern auch die köstlichste Unterhaltung genoß; niemand wußte so gut wie er als Wirt die Honneurs zu machen, niemand so gut zu repräsentieren, wie Victor Bohain – auch hat er gewiß mit Recht seinen Aktionären der »Europe littéraire« hunderttausend Franken Repräsentationskosten angerechnet. Seine Frau war sehr hübsch und besaß ein niedliches Windspiel, welches Ji-Ji hieß. Zu dem Humor des Mannes trug sogar sein hölzernes Bein etwas bei, und wenn er allerliebst um den Tisch herumhumpelnd seinen Gästen Champagner einschenkte, glich er dem Vulkan, als derselbe das Amt Hebes verrichtete in der jauchzenden Götterversammlung. Wo ist er jetzt? Ich habe lange nichts von ihm gehört. Zuletzt, vor etwa zehn Jahren, sah ich ihn in einem Wirtshause zu Grandville; er war von England, wo er sich aufhielt um die kolossale englische Nationalschuld zu studieren und bei dieser Gelegenheit seine kleinen Privatschulden zu vergessen, nach jenem Hafenstädtchen der Basse-Normandie auf einen Tag herübergekommen, und hier fand ich ihn an einem Tischchen sitzend neben einer Bouteille Champagner und einem vierschrötigen Spießbürger mit kurzer Stirn und aufgesperrtem Maule, dem er das Projekt eines Geschäftes auseinandersetzte, woran, wie Bohain mit beredsamen Zahlen bewies, eine Million zu gewinnen war. Bohains spekulativer Geist war immer sehr groß, und wenn er ein Geschäft erdachte, stand immer eine Million Gewinn in Aussicht, nie weniger als eine Million. Die Freunde nannten ihn daher auch Messer Millione, wie einst Marco Paulo in Venedig genannt wurde, als derselbe nach seiner Rückkehr aus dem Morgenlande den maulaufsperrenden Landsleuten unter den Arkaden des Sankt-Marco-Platzes von den hundert Millionen und wieder hundert Millionen Einwohnern erzählte, welche er in den Ländern, die er bereist, in China, der Tartarei, Indien usw., gesehen habe. Die neuere Geographie hat den berühmten Venezianer, den man lange für einen Aufschneider hielt, wieder zu Ehren gebracht, und auch von unserm Pariser Messer Millione dürfen wir behaupten, daß seine industriellen Projekte immer großartig richtig ersonnen waren, und nur durch Zufälligkeiten in der Ausführung mißlangen; manche brachten große Gewinne, als sie in die Hände von Personen kamen, die nicht so gut die Honneurs eines Geschäftes zu machen, die nicht so prachtvoll zu repräsentieren wußten, wie Victor Bohain. Auch die »Europe littéraire« war eine vortreffliche Konzeption, ihr Erfolg schien gesichert, und ich habe ihren Untergang nie begriffen. Noch den Vorabend des Tages, wo die Stockung begann, gab Victor Bohain in den Redaktionssälen des Journals einen glänzenden Ball, wo er mit seinen dreihundert Aktionären tanzte, ganz so wie einst Leonidas mit seinen dreihundert Spartanern den Tag vor der Schlacht bei den Thermopylen. Jedesmal wenn ich in der Galerie des Louvre das Gemälde von David sehe, welches diese antik heroische Szene darstellt, denke ich an den erwähnten letzten Tanz des Victor Bohain; ganz ebenso wie der todesmutige König des Davidischen Bildes stand er auf einem Beine; es war dieselbe klassische Stellung. – Wanderer! wenn du in Paris die Chaussée d'Antin nach den Boulevards herabwandelst, und dich am Ende bei einem schmutzigen Tal, das die Rue basse du rempart geheißen, befindest, wisse! du stehst hier vor den Thermopylen der »Europe littéraire«, wo Victor Bohain heldenkühn fiel mit seinen dreihundert Aktionären!

Die Aufsätze, die ich, wie gesagt, für jene Zeitschrift zu verfassen hatte und darin abdrucken ließ, gaben mir Veranlassung, in weiterer Ausführung über Deutschland und seine geistige Entwickelung mich auszusprechen, und es entstand dadurch das Buch, das du, teurer Leser! jetzt in Händen hast. Ich wollte nicht bloß seinen Zweck, seine Tendenz, seine geheimste Absicht, sondern auch die Genesis des Buches hier offenbaren, damit jeder um so sicherer ermitteln könne, wieviel Glauben und Zutrauen meine Mitteilungen verdienen. Ich schrieb nicht im Genre der Frau von Staël, und wenn ich mich auch bestrebte, so wenig ennuyant wie möglich zu sein, so verzichtete ich doch im voraus auf alle Effekte des Stiles und der Phrase, die man bei Frau von Staël, dem größten Autor Frankreichs während dem Empire, in so hohem Grade antrifft. Ja, die Verfasserin der »Corinne« überragt nach meinem Bedünken alle ihre Zeitgenossen, und ich kann das sprühende Feuerwerk ihrer Darstellung nicht genug bewundern; aber dieses Feuerwerk läßt leider eine übelriechende Dunkelheit zurück, und wir müssen eingestehen, ihr Genie ist nicht so geschlechtlos, wie nach der frühern Behauptung der Frau von Staël das Genie sein soll; ihr Genie ist ein Weib, besitzt alle Gebrechen und Launen des Weibes, und es war meine Pflicht als Mann, dem glänzenden Cancan dieses Genies zu widersprechen. Es war um so notwendiger, da die Mitteilungen in ihrem Buch »De l'Allemage« sich auf Gegenstände bezogen, die den Franzosen unbekannt waren und den Reiz der Neuheit besaßen, z. B. alles was Bezug hat auf deutsche Philosophie und romantische Schule. Ich glaube in meinem Buche absonderlich über erstere die ehrlichste Auskunft erteilt zu haben, und die Zeit hat bestätigt, was damals, als ich es vorbrachte, unerhört und unbegreiflich schien.

Ja, was die deutsche Philosophie betrifft, so hatte ich unumwunden das Schulgeheimnis ausgeplaudert, das, eingewickelt in scholastische Formeln, nur den Eingeweihten der ersten Klasse bekannt war. Meine Offenbarungen erregten hierzulande die größte Verwunderung, und ich erinnere mich, daß sehr bedeutende französische Denker mir naiv gestanden, sie hätten immer geglaubt, die deutsche Philosophie sei ein gewisser mystischer Nebel, worin sich die Gottheit wie in einer heiligen Wolkenburg verborgen halte, und die deutschen Philosophen seien ekstatische Seher, die nur Frömmigkeit und Gottesfurcht atmeten. Es ist nicht meine Schuld, daß dieses nie der Fall gewesen, daß die deutsche Philosophie just das Gegenteil ist von dem, was wir bisher Frömmigkeit und Gottesfurcht nannten, und daß unsre modernsten Philosophen den vollständigsten Atheismus als das letzte Wort unsrer deutschen Philosophie proklamierten. Sie rissen schonungslos und mit bacchantischer Lebenslust den blauen Vorhang vom deutschen Himmel, und riefen:»Sehet, alle Gottheiten sind entflohen, und dort oben sitzt nur noch eine alte Jungfer mit bleierner Händen und traurigem Herzen: die Notwendigkeit.«

Ach! was damals so befremdlich klang, wird jetzt jenseits des Rheins auf allen Dächern gepredigt, und der fanatische Eifer mancher dieser Prädikanten ist entsetzlich! Wir haben jetzt fanatische Mönche des Atheismus, Großinquisitoren des Unglaubens, die den Herrn von Voltaire verbrennen lassen würden, weil er doch im Herzen ein verstockter Deist gewesen. Solange solche Doktrinen noch Geheimgut einer Aristokratie von Geistreichen blieben und in einer vornehmen Koteriesprache besprochen wurden, welche den Bedienten, die aufwartend hinter uns standen, während wir bei unsern philosophischen Petits-Soupers blasphemierten, unverständlich war – so lange gehörte auch ich zu den leichtsinnigen Esprits-Forts, wovon die meisten jenen liberalen Grands-Seigneurs glichen, die kurz vor der Revolution mit den neuen Umsturzideen die Langeweile ihres müßigen Hoflebens zu verscheuchen suchten. Als ich aber merkte, daß die rohe Plebs, der Janhagel, ebenfalls dieselben Themata zu diskutieren begann in seinen schmutzigen Symposien, wo statt der Wachskerzen und Girandolen nur Talglichter und Tranlampen leuchteten, als ich sah, daß Schmierlappen von Schuster- und Schneidergesellen in ihrer plumpen Herbergsprache die

Existenz Gottes zu leugnen sich unterfingen – als der Atheismus anfing, sehr stark nach Käse, Branntwein und Tabak zu stinken: da gingen mir plötzlich die Augen auf, und was ich nicht durch meinen Verstand begriffen hatte, das begriff ich jetzt durch den Geruchssinn, durch das Mißbehagen des Ekels, und mit meinem Atheismus hatte es, gottlob! ein Ende.

Um die Wahrheit zu sagen, es mochte nicht bloß der Ekel sein, was mir die Grundsätze der Gottlosen verleidete und meinen Rücktritt veranlaßte. Es war hier auch eine gewisse weltliche Besorgnis im Spiel, die ich nicht überwinden konnte; ich sah nämlich, daß der Atheismus ein mehr oder minder geheimes Bündnis geschlossen mit dem schauderhaft nacktesten, ganz feigenblattlosen, kommunen Kommunismus. Meine Scheu vor dem letztern hat wahrlich nichts gemein mit der Furcht des Glückspilzes, der für seine Kapitalien zittert, oder mit dem Verdruß der wohlhabenden Gewerbsleute, die in ihren Ausbeutungsgeschäften gehemmt zu werden fürchten: nein, mich beklemmt vielmehr die geheime Angst des Künstlers und des Gelehrten, die wir unsre ganze moderne Zivilisation, die mühselige Errungenschaft so vieler Jahrhunderte, die Frucht der edelsten Arbeiten unsrer Vorgänger, durch den Sieg des Kommunismus bedroht sehen. Fortgerissen von der Strömung großmütiger Gesinnung mögen wir immerhin die Interessen der Kunst und Wissenschaft, ja alle unsre Partikularinteressen dem Gesamtinteresse des leidenden und unterdrückten Volkes aufopfern: aber wir können uns nimmermehr verhehlen, wessen wir uns zu gewärtigen haben, sobald die große rohe Masse, welche die einen das Volk, die andern den Pöbel nennen, und deren legitime Souveränetät bereits längst proklamiert worden, zur wirklichen Herrschaft käme. Ganz besonders empfindet der Dichter ein unheimliches Grauen vor dem Regierungsantritt dieses täppischen Souveräns. Wir wollen gern für das Volk uns opfern, denn Selbstaufopferung gehört zu unsern raffiniertesten Genüssen – die Emanzipation des Volkes war die große Aufgabe unseres Lebens und wir haben dafür gerungen und namenloses Elend ertragen, in der Heimat wie im Exile – aber die reinliche, sensitive Natur des Dichters sträubt sich gegen jede persönlich nahe Berührung mit dem Volke, und noch mehr schrecken wir zusammen bei dem Gedanken an seine Liebkosungen, vor denen uns Gott bewahre! Ein großer Demokrat sagte einst: er würde, hätte ein König ihm die Hand gedrückt, sogleich seine Hand ins Feuer halten, um sie zu reinigen. Ich möchte in derselben Weise sagen: ich würde meine Hand waschen, wenn mich das souveräne Volk mit seinem Händedruck beehrt hätte.

O das Volk, dieser arme König in Lumpen, hat Schmeichler gefunden, die viel schamloser, als die Höflinge von Byzanz und Versailles, ihm ihren Weihrauchkessel an den Kopf schlugen. Diese Hoflakaien des Volkes rühmen beständig seine Vortrefflichkeiten und Tugenden, und rufen begeistert: wie schön ist das Volk! wie gut ist das Volk! wie intelligent ist das Volk! – Nein, ihr lügt. Das arme Volk ist nicht schön; im Gegenteil, es ist sehr häßlich. Aber diese Häßlichkeit entstand durch den Schmutz und wird mit demselben schwinden, sobald wir öffentliche Bäder erbauen, wo Seine Majestät das Volk sich unentgeltlich baden kann. Ein Stückchen Seife könnte dabei nicht schaden, und wir werden dann ein Volk sehen, das hübsch propre ist, ein Volk, das sich gewaschen hat. Das Volk, dessen Güte so sehr gepriesen wird, ist gar nicht gut; es ist manchmal so böse wie einige andere Potentaten. Aber seine Bosheit kommt vom Hunger; wir müssen sorgen, daß das souveräne Volk immer zu essen habe; sobald allerhöchst dasselbe gehörig gefüttert und gesättigt sein mag, wird es euch auch huldvoll und gnädig anlächeln, ganz wie die andern. Seine Majestät das Volk ist ebenfalls nicht sehr intelligent; es ist vielleicht dümmer als die andern, es ist fast so bestialisch dumm wie seine Günstlinge. Liebe und Vertrauen schenkt es nur denjenigen, die den Jargon seiner Leidenschaft reden oder heulen, während es jeden braven Mann haßt, der die Sprache der Vernunft mit ihm spricht, um es zu erleuchten und zu veredeln. So ist es in Paris, so war es in Jerusalem. Laßt dem Volk die Wahl zwischen dem Gerechtesten der Gerechten und dem scheußlichsten Straßenräuber, seid sicher, es ruft: »Wir wollen den Barnabas! Es lebe der Barnabas!« – Der Grund dieser Verkehrtheit ist die Unwissenheit; dieses Nationalübel müssen wir zu tilgen suchen durch öffentliche Schulen für das Volk, wo ihm der Unterricht auch mit den dazugehörigen Butterbröten und sonstigen Nahrungsmitteln unentgeltlich erteilt werde. – Und wenn jeder im Volke in den Stand gesetzt ist, sich alle beliebigen Kenntnisse zu erwerben, werdet ihr bald auch ein intelligentes Volk sehen. – Vielleicht wird dasselbe am Ende noch so gebildet, so geistreich, so witzig sein, wie wir es sind, nämlich wie ich und du, mein teurer Leser, und wir bekommen bald noch andre gelehrte Friseure, welche Verse machen wie Monsieur Jasmin zu Toulouse, und noch viele andre philosophische Flickschneider, welche ernsthafte Bücher schreiben, wie unser Landsmann, der famose Weitling.

Bei dem Namen dieses famosen Weitling taucht mir plötzlich mit all ihrem komischen Ernste die Szene meines ersten und letzten Zusammentreffens mit dem damaligen Tageshelden wieder im Gedächtnis herauf. Der liebe Gott, der von der Höhe seiner Himmelsburg alles sieht, lachte wohl herzlich über die saure Miene, die ich geschnitten haben muß, als mir in dem Buchladen meines Freundes Campe zu Hamburg der berühmte Schneidergesell entgegentrat und sich als einen Kollegen ankündigte, der sich zu denselben revolutionären und atheistischen Doktrinen bekenne. Ich hätte wirklich in diesem Augenblick gewünscht, daß der liebe Gott gar nicht existiert haben möchte, damit er nur nicht die Verlegenheit und Beschämung sähe, worin mich eine solche saubere Genossenschaft versetzte! Der liebe Gott hat mir gewiß alle meine alten Frevel von Herzen verziehen, wenn er die Demütigung in Anschlag brachte, die ich bei jenem Handwerksgruß des ungläubigen Knotentums, bei jenem kollegialischen Zusammentreffen mit Weitling empfand. Was meinen Stolz am meisten verletzte, war der gänzliche Mangel an Respekt, den der Bursche an den Tag legte, während er mit mir sprach. Er behielt die Mütze auf dem Kopf, und während ich vor ihm stand, saß er auf einer kleinen Holzbank, mit der einen Hand sein zusammengezogenes rechtes Bein in die Höhe haltend, so daß er mit dem Knie fast sein Kinn berührte; mit der andern Hand rieb er beständig dieses Bein oberhalb der Fußknöchel. Diese unehrerbietige Positur hatte ich anfangs den kauernden Handwerksgewöhnungen des Mannes zugeschrieben, doch er belehrte mich eines Bessern, als ich ihn befrug, warum er beständig in erwähnter Weise sein Bein riebe? Er sagte mir nämlich im unbefangen gleichgültigsten Tone, als handle es sich von einer Sache die ganz natürlich, daß er in den verschiedenen deutschen Gefängnissen, worin er gesessen, gewöhnlich mit Ketten belastet worden sei; und da manchmal der eiserne Ring, welcher das Bein anschloß, etwas zu eng gewesen, habe er an jener Stelle eine juckende Empfindung bewahrt, die ihn zuweilen veranlasse, sich dort zu reiben. Bei diesem naiven Geständnis muß der Schreiber dieser Blätter ungefähr so ausgesehen haben, wie der Wolf in der äsopischen Fabel, als er seinen Freund den Hund befragt hatte, warum das Fell an seinem Halse so abgescheuert sei, und dieser zur Antwort gab: des Nachts legt man mich an die Kette. – Ja, ich gestehe, ich wich einige Schritte zurück, als der Schneider solchermaßen mit seiner widerwärtigen Familiarität von den Ketten sprach, womit ihn die deutschen Schließer zuweilen belästigten, wenn er im Loch saß – »Loch! Schließer! Ketten!« lauter fatale Koterieworte einer geschlossenen Gesellschaft, womit man mir eine schreckliche Vertrautheit zumutete. Und es war hier nicht die Rede von jenen metaphorischen Ketten, die jetzt die ganze Welt trägt, die man mit dem größten Anstand tragen kann, und die sogar bei Leuten von gutem Tone in die Mode gekommen – nein, bei den Mitgliedern jener geschlossenen Gesellschaft sind Ketten gemeint in ihrer eisernsten Bedeutung, Ketten, die man mit einem eisernen Ring ans Bein befestigt – und ich wich einige Schritte zurück, als der Schneider Weitling von solchen Ketten sprach. Nicht etwa die Furcht vor dem Sprichwort: mitgegangen, mitgehangen! nein, mich schreckte vielmehr das Nebeneinandergehenktwerden.

Dieser Weitling, der jetzt verschollen, war übrigens ein Mensch von Talent; es fehlte ihm nicht an Gedanken, und sein Buch, betitelt: »Die Garantien der Gesellschaft«, war lange Zeit der Katechismus der deutschen Kommunisten. Die Anzahl dieser letztern hat sich in Deutschland während der letzten Jahre ungeheuer vermehrt, und diese Partei ist zu dieser Stunde unstreitig eine der mächtigsten jenseits des Rheines. Die Handwerker bilden den Kern einer Unglaubensarmee, die vielleicht nicht sonderlich diszipliniert, aber in doktrineller Beziehung ganz vorzüglich einexerziert ist. Diese deutschen Handwerker bekennen sich größtenteils zum krassesten Atheismus, und sie sind gleichsam verdammt, dieser trostlosen Negation zu huldigen, wenn sie nicht in einen Widerspruch mit ihrem Prinzip und somit in völlige Ohnmacht verfallen wollen. Diese Kohorten der Zerstörung, diese Sappeure, deren Axt das ganze gesellschaftliche Gebäude bedroht, sind den Gleichmachern und Umwälzern in andern Ländern unendlich überlegen, wegen der schrecklichen Konsequenz ihrer Doktrin; denn in dem Wahnsinn, der sie antreibt, ist, wie Polonius sagen würde, Methode.

Das Verdienst, jene grauenhaften Erscheinungen, welche erst später eintrafen, in meinem Buche »De l'Allemagne« lange vorausgesagt zu haben, ist nicht von großem Belange. Ich konnte leicht prophezeien, welche Lieder einst in Deutschland gepfiffen und gezwitschert werden dürften, denn ich sah die Vögel ausbrüten, welche später die neuen Sangesweisen anstimmten. Ich sah, wie Hegel mit seinem fast komisch ernsthaften Gesichte als Bruthenne auf den fatalen Eiern saß, und ich hörte sein Gackern. Ehrlich gesagt, selten verstand ich ihn, und erst durch späteres Nachdenken gelangte ich zum Verständnis seiner Worte. Ich glaube, er wollte gar nicht verstanden sein, und daher sein verklausulierter Vortrag, daher vielleicht auch seine Vorliebe für Personen, von denen er wußte, daß sie ihn nicht verstanden, und denen er um so bereitwilliger die Ehre seines nähern Umgangs gönnte. So wunderte sich jeder in Berlin über den intimen Verkehr des tiefsinnigen Hegel mit dem verstorbenen Heinrich Beer, einem Bruder des durch seinen Ruhm allgemein bekannten und von den geistreichsten Journalisten gefeierten Giacomo Meyerbeer. Jener Beer, nämlich der Heinrich, war ein schier unkluger Gesell, der auch wirklich späterhin von seiner Familie für blödsinnig erklärt und unter Kuratel gesetzt wurde, weil er anstatt sich durch sein großes Vermögen einen Namen zu machen in der Kunst oder Wissenschaft, vielmehr für läppische Schnurrpfeifereien seinen Reichtum vergeudete und z. B. eines Tags für sechstausend Taler Spazierstöcke gekauft hatte. Dieser arme Mensch, der weder für einen großen Tragödiendichter, noch für einen großen Sterngucker, oder für ein lorbeerbekränztes musikalisches Genie, einen Nebenbuhler von Mozart und Rossini, gelten wollte und lieber sein Geld für Spazierstöcke ausgab – dieser aus der Art geschlagene Beer genoß den vertrautesten Umgang Hegels, er war der Intimus des Philosophen, sein Pylades, und begleitete ihn überall wie sein Schatten. Der ebenso witzige wie talentbegabte Felix Mendelssohn suchte einst dieses Phänomen zu erklären, indem er behauptete: Hegel verstände den Heinrich Beer nicht. Ich glaube aber jetzt, der wirkliche Grund jenes intimen Umgangs bestand darin, daß Hegel überzeugt war, Heinrich Beer verstände nichts von allem was er ihn reden höre, und er konnte daher in seiner Gegenwart sich ungeniert allen Geistesergießungen des Moments überlassen. Überhaupt war das Gespräch von Hegel immer eine Art von Monolog, stoßweis hervorgeseufzt mit klangloser Stimme; das Barocke der Ausdrücke frappierte mich oft, und von letztern blieben mir viele im Gedächtnis. Eines schönen hellgestirnten Abends standen wir beide nebeneinander am Fenster, und ich, ein zweiundzwanzigjähriger junger Mensch, ich hatte eben gut gegessen und Kaffee getrunken, und ich sprach mit Schwärmerei von den Sternen, und nannte sie den Aufenthalt der Seligen. Der Meister aber brümmelte vor sich hin: »Die Sterne, hum! hum! die Sterne sind nur ein leuchtender Aussatz am Himmel.« »Um Gottes willen« – rief ich –«es gibt also droben kein glückliches Lokal, um dort die Tugend nach dem Tode zu belohnen?« Jener aber, indem er mich mit seinen bleichen Augen stier ansah, sagte schneidend: »Sie wollen also noch ein Trinkgeld dafür haben, daß Sie Ihre kranke Mutter gepflegt und Ihren Herrn Bruder nicht vergiftet haben?« – Bei diesen Worten sah er sich ängstlich um, doch er schien gleich wieder beruhigt, als er bemerkte, daß nur Heinrich Beer herangetreten war, um ihn zu einer Partie Whist einzuladen.

Wie schwer das Verständnis der Hegelschen Schriften ist, wie leicht man sich hier täuschen kann, und zu verstehen glaubt, während man nur dialektische Formeln nachzukonstruieren gelernt, das merkte ich erst viele Jahre später hier in Paris, als ich mich damit beschäftigte, aus dem abstrakten Schulidiom jene Formeln in die Muttersprache des gesunden Verstandes und der allgemeinen Verständlichkeit, ins Französische, zu übersetzen. Hier muß der Dolmetsch bestimmt wissen, was er zu sagen hat, und der verschämteste Begriff ist gezwungen, die mystischen Gewänder fallen zu lassen und sich in seiner Nacktheit zu zeigen. Ich hatte nämlich den Vorsatz gefaßt, eine allgemein verständliche Darstellung der ganzen Hegelschen Philosophie zu verfassen, um sie einer neuern Ausgabe meines Buches »De l'Allemagne« als Ergänzung desselben einzuverleiben. Ich beschäftigte mich während zwei Jahren mit dieser Arbeit, und es gelang mir nur mit Not und Anstrengung, den spröden Stoff zu bewältigen und die abstraktesten Partien so populär als möglich vorzutragen. Doch als das Werk endlich fertig war, erfaßte mich bei seinem Anblick ein unheimliches Grauen, und es kam mir vor, als ob das Manuskript mich mit fremden, ironischen, ja boshaften Augen ansähe. Ich war in eine sonderbare Verlegenheit geraten: Autor und Schrift paßten nicht mehr zusammen. Es hatte sich nämlich um jene Zeit der obenerwähnte Widerwille gegen den Atheismus schon meines Gemütes bemeistert, und da ich mir gestehen mußte, daß allen diesen Gottlosigkeiten die Hegelsche Philosophie den furchtbarsten Vorschub geleistet, ward sie mir äußerst unbehaglich und fatal. Ich empfand überhaupt nie eine allzu große Begeisterung für diese Philosophie, und von Überzeugung konnte in bezug auf dieselbe gar nicht die Rede sein. Ich war nie abstrakter Denker, und ich nahm die Synthese der Hegelschen Doktrin ungeprüft an, da ihre Folgerungen meiner Eitelkeit schmeichelten. Ich war jung und stolz, und es tat meinem Hochmut wohl, als ich von Hegel erfuhr, daß nicht, wie meine Großmutter meinte, der liebe Gott, der im Himmel residiert, sondern ich selbst hier auf Erden der liebe Gott sei. Dieser törichte Stolz übte keineswegs einen verderblichen Einfluß auf meine Gefühle, die er vielmehr bis zum Heroismus steigerte; und ich machte damals einen solchen Aufwand von Großmut und Selbstaufopferung, daß ich dadurch die brillantesten Hochtaten jener guten Spießbürger der Tugend, die nur aus Pflichtgefühl handelten und nur den Gesetzen der Moral gehorchten, gewiß außerordentlich verdunkelte. War ich doch selber jetzt das lebende Gesetz der Moral und der Quell alles Rechtes und aller Befugnis. Ich war die Ursittlichkeit, ich war unsündbar, ich war die inkarnierte Reinheit; die anrüchigsten Magdalenen wurden purifiziert durch die läuternde und sühnende Macht meiner Liebesflammen, und fleckenlos wie Lilien und errötend wie keusche Rosen, mit einer ganz neuen Jungfräulichkeit, gingen sie hervor aus den Umarmungen des Gottes. Diese Restaurationen beschädigter Magdtümer, ich gestehe es, erschöpften zuweilen meine Kräfte. Aber ich gab ohne zu feilschen, und unerschöpflich war der Born meiner Barmherzigkeit. Ich war ganz Liebe und war ganz frei von Haß. Ich rächte mich auch nicht mehr an meinen Feinden, da ich im Grunde keinen Feind mehr hatte oder vielmehr niemand als solchen anerkannte: für mich gab es jetzt nur noch Ungläubige, die an meiner Göttlichkeit zweifelten – jede Unbill, die sie mir antaten, war ein Sakrilegium, und ihre Schmähungen waren Blasphemien. Solche Gottlosigkeiten konnte ich freilich nicht immer ungeahndet lassen, aber alsdann war es nicht eine menschliche Rache, sondern die Strafe Gottes, die den Sünder traf. Bei dieser höhern Gerechtigkeitspflege unterdrückte ich zuweilen mit mehr oder weniger Mühe alles gemeine Mitleid. Wie ich keine Feinde besaß, so gab es für mich auch keine Freunde, sondern nur Gläubige, die an meine Herrlichkeit glaubten, die mich anbeteten, auch meine Werke lobten, sowohl die versifizierten, wie die, welche ich in Prosa geschaffen, und dieser Gemeinde von wahrhaft Frommen und Andächtigen tat ich sehr viel Gutes, zumal den jungen Devotinnen.

Aber die Repräsentationskosten eines Gottes, der sich nicht lumpen lassen will und weder Leib noch Börse schont, sind ungeheuer; um eine solche Rolle mit Anstand zu spielen, sind besonders zwei Dinge unentbehrlich: viel Geld und viel Gesundheit. Leider geschah es, daß eines Tages – im Februar 1848 – diese beiden Requisiten mir abhanden kamen, und meine Göttlichkeit geriet dadurch sehr in Stocken. Zum Glück war das verehrungswürdige Publikum in jener Zeit mit so großen, unerhörten, fabelhaften Schauspielen beschäftigt, daß dasselbe die Veränderung, die damals mit meiner kleinen Person vorging, nicht besonders bemerken mochte. Ja, sie waren unerhört und fabelhaft, die Ereignisse in jenen tollen Februartagen, wo die Weisheit der Klügsten zuschanden gemacht und die Auserwählten des Blödsinns aufs Schild gehoben wurden. Die Letzten wurden die Ersten, das Unterste kam zuoberst, sowohl die Dinge wie die Gedanken waren umgestürzt, es war wirklich die verkehrte Welt. – Wäre ich in dieser unsinnigen, auf den Kopf gestellten Zeit ein vernünftiger Mensch gewesen, so hätte ich gewiß durch jene Ereignisse meinen Verstand verloren, aber verrückt wie ich damals war, mußte das Gegenteil geschehen, und sonderbar! just in den Tagen des allgemeinen Wahnsinns kam ich selber wieder zur Vernunft! Gleich vielen anderen heruntergekommenen Göttern jener Umsturzperiode, mußte auch ich kümmerlich abdanken und in den menschlichen Privatstand wieder zurücktreten. Das war auch das Gescheiteste, das ich tun konnte. Ich kehrte zurück in die niedre Hürde der Gottesgeschöpfe, und ich huldigte wieder der Allmacht eines höchsten Wesens, das den Geschicken dieser Welt vorsteht, und das auch hinfüro meine eignen irdischen Angelegenheiten leiten sollte. Letztere waren während der Zeit, wo ich meine eigne Vorsehung war, in bedenkliche Verwirrung geraten, und ich war froh, sie gleichsam einem himmlischen Intendanten zu übertragen, der sie mit seiner Allwissenheit wirklich viel besser besorgt. Die Existenz eines Gottes ward seitdem für mich nicht bloß ein Quell des Heils, sondern sie überhob mich auch aller jener quälerischen Rechnungsgeschäfte, die mir so verhaßt, und ich verdanke ihr die größten Ersparnisse. Wie für mich, brauche ich jetzt auch nicht mehr für andre zu sorgen, und seit ich zu den Frommen gehöre, gebe ich fast gar nichts mehr aus für Unterstützung von Hülfsbedürftigen; – ich bin zu bescheiden, als daß ich der göttlichen Fürsehung wie ehemals ins Handwerk pfuschen sollte, ich bin kein Gemeindeversorger mehr, kein Nachäffer Gottes, und meinen ehemaligen Klienten habe ich mit frommer Demut angezeigt, daß ich nur ein armseliges Menschengeschöpf bin, eine seufzende Kreatur, die mit der Weltregierung nichts mehr zu schaffen hat, und daß sie sich hinfüro in Not und Trübsal an den Herrgott wenden müßten, der im Himmel wohnt, und dessen Budget ebenso unermeßlich wie seine Güte ist, während ich armer Exgott sogar in meinen göttlichsten Tagen, um meinen Wohltätigkeitsgelüsten zu genügen, sehr oft den Teufel an dem Schwanz ziehen mußte.

Tirer le diable par la queue ist in der Tat einer der glücklichsten Ausdrücke der französischen Sprache, aber die Sache selbst war höchst demütigend für einen Gott. Ja, ich bin froh, meiner angemaßten Glorie entledigt zu sein, und kein Philosoph wird mir jemals wieder einreden, daß ich ein Gott sei! Ich bin nur ein armer Mensch, der obendrein nicht mehr ganz gesund und sogar sehr krank ist. In diesem Zustand ist es eine wahre Wohltat für mich, daß es jemand im Himmel gibt, dem ich beständig die Litanei meiner Leiden vorwimmern kann, besonders nach Mitternacht, wenn Mathilde sich zur Ruhe begeben, die sie oft sehr nötig hat. Gottlob! in solchen Stunden bin ich nicht allein, und ich kann beten und flennen soviel ich will, und ohne mich zu genieren, und ich kann ganz mein Herz ausschütten vor dem Allerhöchsten und ihm manches vertrauen, was wir sogar unsrer eignen Frau zu verschweigen pflegen.

Nach obigen Geständnissen wird der geneigte Leser leichtlich begreifen, warum mir meine Arbeit über die Hegelsche Philosophie nicht mehr behagte. Ich sah gründlich ein, daß der Druck derselben weder dem Publikum noch dem Autor heilsam sein konnte; ich sah ein, daß die magersten Spittelsuppen der christlichen Barmherzigkeit für die verschmachtende Menschheit noch immer erquicklicher sein dürften, als das gekochte graue Spinnweb der Hegelschen Dialektik; – ja ich will alles gestehen, ich bekam auf einmal eine große Furcht vor den ewigen Flammen – es ist freilich ein Aberglaube, aber ich hatte Furcht – und an einem stillen Winterabend, als eben in meinem Kamin ein starkes Feuer brannte, benutzte ich die schöne Gelegenheit, und ich warf mein Manuskript über die Hegelsche Philosophie in die lodernde Glut; die brennenden Blätter flogen hinauf in den Schlot mit einem sonderbaren kichernden Geknister.

Gottlob, ich war sie los! Ach könnte ich doch alles, was ich einst über die deutsche Philosophie drucken ließ, in derselben Weise vernichten! Aber das ist unmöglich, und da ich nicht einmal den Wiederabdruck bereits vergriffener Bücher verhindern kann, wie ich jüngst betrübsamlichst erfahren, so bleibt mir nichts übrig, als öffentlich zu gestehen, daß meine Darstellung der deutschen philosophischen Systeme, also fürnehmlich die ersten drei Abteilungen meines Buches »De l'Allemagne«, die sündhaftesten Irrtümer enthalten. Ich hatte die genannten drei Partien in einer deutschen Version als ein besonderes Buch drucken lassen, und da die letzte Ausgabe desselben vergriffen war, und mein Buchhändler das Recht besaß, eine neue Ausgabe zu veröffentlichen, so versah ich das Buch mit einer Vorrede, woraus ich eine Stelle hier mitteile, die mich des traurigen Geschäftes überhebt, in bezug auf die erwähnten drei Partien der »Allemagne« mich besonders auszusprechen. Sie lautet wie folgt: »Ehrlich gestanden, es wäre mir lieb, wenn ich das Buch ganz ungedruckt lassen könnte. Es haben sich nämlich seit dem Erscheinen desselben meine Ansichten über manche Dinge, besonders über göttliche Dinge, bedenklich geändert, und manches, was ich behauptete, widerspricht jetzt meiner bessern Überzeugung. Aber der Pfeil gehört nicht mehr dem Schützen, sobald er von der Sehne des Bogens fortfliegt, und das Wort gehört nicht mehr dem Sprecher, sobald es seiner Lippe entsprungen und gar durch die Presse vervielfältigt worden. Außerdem würden fremde Befugnisse mir mit zwingendem Einspruch entgegentreten, wenn ich das Buch ungedruckt ließe und meinen Gesamtwerken entzöge. Ich könnte zwar, wie manche Schriftsteller in solchen Fällen tun, zu einer Milderung der Ausdrücke, zu Verhüllungen durch Phrase meine Zuflucht nehmen; aber ich hasse im Grund meiner Seele die zweideutigen Worte, die heuchlerischen Blumen, die feigen Feigenblätter. Einem ehrlichen Manne bleibt aber unter allen Umständen das unveräußerliche Recht, seinen Irrtum offen zu gestehen, und ich will es ohne Scheu hier ausüben. Ich bekenne daher unumwunden, daß alles, was in diesem Buche namentlich auf die große Gottesfrage Bezug hat, ebenso falsch wie unbesonnen ist. Ebenso unbesonnen wie falsch ist die Behauptung, die ich der Schule nachsprach, daß der Deismus in der Theorie zugrunde gerichtet sei und sich nur noch in der Erscheinungswelt kümmerlich hinfriste. Nein, es ist nicht wahr, daß die Vernunftkritik, welche die Beweistümer für das Dasein Gottes, wie wir dieselben seit Anselm von Canterbury kennen, zernichtet hat, auch dem Dasein Gottes selber ein Ende gemacht habe. Der Deismus lebt, lebt sein lebendigstes Leben, er ist nicht tot, und am allerwenigsten hat ihn die neueste deutsche Philosophie getötet. Diese spinnwebige Berliner Dialektik kann keinen Hund aus dem Ofenloch locken, sie kann keine Katze töten, wieviel weniger einen Gott. Ich habe es am eignen Leibe erprobt, wie wenig gefährlich ihr Umbringen ist; sie bringt immer um, und die Leute bleiben dabei am Leben. Der Türhüter der Hegelschen Schule, der grimme Ruge, behauptete einst steif und fest, oder vielmehr fest und steif, daß er mich mit seinem Portierstock in den Hallischen Jahrbüchern totgeschlagen habe, und doch zur selben Zeit ging ich umher auf den Boulevards von Paris, frisch und gesund und unsterblicher als je. Der arme, brave Ruge! er selber konnte sich später nicht des ehrlichsten Lachens enthalten, als ich ihm hier in Paris das Geständnis machte, daß ich die fürchterlichen Totschlagblätter, die Hallischen Jahrbücher, nie zu Gesicht bekommen hatte, und sowohl meine vollen roten Backen, als auch der gute Appetit, womit ich Austern schluckte, überzeugten ihn, wie wenig mir der Name einer Leiche gebührte. In der Tat, ich war damals noch gesund und feist, ich stand im Zenit meines Fettes, und war so übermütig wie der König Nebukadnezar vor seinem Sturze.

Ach! einige Jahre später ist eine leibliche und geistige Veränderung eingetreten. Wie oft seitdem denke ich an die Geschichte dieses babylonischen Königs, der sich selbst für den lieben Gott hielt, aber von der Höhe seines Dünkels erbärmlich herabstürzte, wie ein Tier am Boden kroch und Gras aß – (es wird wohl Salat gewesen sein). In dem prachtvoll grandiosen Buch Daniel steht diese Legende, die ich nicht bloß dem guten Ruge, sondern auch meinem noch viel verstocktern Freunde Marx, ja auch den Herren Feuerbach, Daumer, Bruno Bauer, Hengstenberg und wie sie sonst heißen mögen, diese gottlosen Selbstgötter, zur erbaulichen Beherzigung empfehle. Es stehen überhaupt noch viel schöne und merkwürdige Erzählungen in der Bibel, die ihrer Beachtung wert wären, z. B. gleich im Anfang die Geschichte von dem verbotenen Baume im Paradiese und von der Schlange, der kleinen Privatdozentin, die schon sechstausend Jahre vor Hegels Geburt die ganze Hegelsche Philosophie vortrug. Dieser Blaustrumpf ohne Füße zeigte sehr scharfsinnig, wie das Absolute in der Identität von Sein und Wissen besteht, wie der Mensch zum Gotte werde durch die Erkenntnis, oder was dasselbe ist, wie Gott im Menschen zum Bewußtsein seiner selbst gelange. – Diese Formel ist nicht so klar wie die ursprünglichen Worte: Wenn ihr vom Baume der Erkenntnis genossen, werdet ihr wie Gott sein! Frau Eva verstand von der ganzen Demonstration nur das eine, daß die Frucht verboten sei, und weil sie verboten, aß sie davon, die gute Frau. Aber kaum hatte sie von dem lockenden Apfel gegessen, so verlor sie ihre Unschuld, ihre naive Unmittelbarkeit, sie fand, daß sie viel zu nackend sei für eine Person von ihrem Stande, die Stammutter so vieler künftiger Kaiser und Könige, und sie verlangte ein Kleid. Freilich nur ein Kleid von Feigenblättern, weil damals noch keine Lyoner Seidenfabrikanten geboren waren, und weil es auch im Paradiese noch keine Putzmacherinnen und Modehändlerinnen gab – o Paradies! Sonderbar, sowie das Weib zum denkenden Selbstbewußtsein kommt, ist ihr erster Gedanke ein neues Kleid! Auch diese biblische Geschichte, zumal die Rede der Schlange, kommt mir nicht aus dem Sinn, und ich möchte sie als Motto diesem Buche voransetzen, in derselben Weise, wie man oft vor fürstlichen Gärten eine Tafel sieht mit der warnenden Aufschrift: »Hier liegen Fußangeln und Selbstschüsse.«

Nach der Stelle, welche ich hier zitiert, folgen Geständnisse über den Einfluß, den die Lektüre der Bibel auf meine spätere Geistesevolution ausübte. Die Wiedererweckung meines religiösen Gefühls verdanke ich jenem heiligen Buche, und dasselbe ward für mich ebensosehr eine Quelle des Heils, als ein Gegenstand der frömmigsten Bewunderung. Sonderbar! Nachdem ich mein ganzes Leben hindurch mich auf allen Tanzböden der Philosophie herumgetrieben, allen Orgien des Geistes mich hingegeben, mit allen möglichen Systemen gebuhlt, ohne befriedigt worden zu sein, wie Messaline nach einer lüderlichen Nacht – jetzt befinde ich mich plötzlich auf demselben Standpunkt, worauf auch der Onkel Tom steht, auf dem der Bibel, und ich kniee neben dem schwarzen Betbruder nieder in derselben Andacht –

Welche Demütigung! mit all meiner Wissenschaft habe ich es nicht weiter gebracht, als der arme unwissende Neger, der kaum buchstabieren gelernt! Der arme Tom scheint freilich in dem heiligen Buche noch tiefere Dinge zu sehen, als ich, dem besonders die letzte Partie noch nicht ganz klar geworden. Tom versteht sie vielleicht besser, weil mehr Prügel darin vorkommen, nämlich jene unaufhörlichen Peitschenhiebe, die mich manchmal bei der Lektüre der Evangelien und der Apostelgeschichte sehr unästhetisch anwiderten. So ein armer Negersklave liest zugleich mit dem Rücken, und begreift daher viel besser als wir. Dagegen glaube ich mir schmeicheln zu dürfen, daß mir der Charakter des Moses in der ersten Abteilung des heiligen Buches einleuchtender aufgegangen sei. Diese große Figur hat mir nicht wenig imponiert. Welche Riesengestalt! Ich kann mir nicht vorstellen, daß Ok, König von Basan, größer gewesen sei. Wie klein erscheint der Sinai, wenn der Moses darauf steht! Dieser Berg ist nur das Postament, worauf die Füße des Mannes stehen, dessen Haupt in den Himmel hineinragt, wo er mit Gott spricht – Gott verzeih mir die Sünde, manchmal wollte es mich bedünken, als sei dieser mosaische Gott nur der zurückgestrahlte Lichtglanz des Moses selbst, dem er so ähnlich sieht, ähnlich in Zorn und in Liebe – Es wäre eine große Sünde, es wäre Anthropomorphismus, wenn man eine solche Identität des Gottes und seines Propheten annähme – aber die Ähnlichkeit ist frappant.

Ich hatte Moses früher nicht sonderlich geliebt, wahrscheinlich weil der hellenische Geist in mir vorwaltend war, und ich dem Gesetzgeber der Juden seinen Haß gegen alle Bildlichkeit, gegen die Plastik, nicht verzeihte. Ich sah nicht, daß Moses, trotz seiner Befeindung der Kunst, dennoch selber ein großer Künstler war und den wahren Künstlergeist besaß. Nur war dieser Künstlergeist bei ihm, wie bei seinen ägyptischen Landsleuten, nur auf das Kolossale und Unverwüstliche gerichtet. Aber nicht wie die Ägypter formierte er seine Kunstwerke aus Backstein und Granit, sondern er baute Menschenpyramiden, er meißelte Menschenobelisken, er nahm einen armen Hirtenstamm und schuf daraus ein Volk, das ebenfalls den Jahrhunderten trotzen sollte, ein großes, ewiges, heiliges Volk, ein Volk Gottes, das allen andern Völkern als Muster, ja der ganzen Menschheit als Prototyp dienen konnte – er schuf Israel! Mit größerm Rechte als der römische Dichter darf jener Künstler, der Sohn

Amrams und der Hebamme Jochebet, sich rühmen, ein Monument errichtet zu haben, das alle Bildungen aus Erz überdauern wird!

Wie über den Werkmeister, hab ich auch über das Werk, die Juden, nie mit hinlänglicher Ehrfurcht gesprochen, und zwar gewiß wieder meines hellenischen Naturells wegen, dem der judäische Ascetismus zuwider war. Meine Vorliebe für Hellas hat seitdem abgenommen. Ich sehe jetzt, die Griechen waren nur schöne Jünglinge, die Juden aber waren immer Männer, gewaltige, unbeugsame Männer, nicht bloß ehemals, sondern bis auf den heutigen Tag, trotz achtzehn Jahrhunderten der Verfolgung und des Elends. Ich habe sie seitdem besser würdigen gelernt, und wenn nicht jeder Geburtsstolz bei dem Kämpen der Revolution und ihrer demokratischen Prinzipien ein närrischer Widerspruch wäre, so könnte der Schreiber dieser Blätter stolz darauf sein, daß seine Ahnen dem edlen Hause Israel angehörten, daß er ein Abkömmling jener Märtyrer, die der Welt einen Gott und eine Moral gegeben, und auf allen Schlachtfeldern des Gedankens gekämpft und gelitten haben.

Die Geschichte des Mittelalters und selbst der modernen Zeit hat selten in ihre Tagesberichte die Namen solcher Ritter des heiligen Geistes eingezeichnet, denn sie fochten gewöhnlich mit verschlossenem Visier. Ebensowenig die Taten der Juden, wie ihr eigentliches Wesen, sind der Welt bekannt. Man glaubt sie zu kennen, weil man ihre Bärte gesehen, aber mehr kam nie von ihnen zum Vorschein, und wie im Mittelalter sind sie auch noch in der modernen Zeit ein wandelndes Geheimnis. Es mag enthüllt werden an dem Tage wovon der Prophet geweissagt, daß es alsdann nur noch einen Hirten und eine Herde geben wird, und der Gerechte, der für das Heil der Menschheit geduldet, seine glorreiche Anerkennung empfängt.

Man sieht, ich, der ich ehemals den Homer zu zitieren pflegte, ich zitiere jetzt die Bibel, wie der Onkel Tom. In der Tat, ich verdanke ihr viel. Sie hat, wie ich oben gesagt, das religiöse Gefühl wieder in mir erweckt; und diese Wiedergeburt des religiösen Gefühls genügte dem Dichter, der vielleicht weit leichter als andre Sterbliche der positiven Glaubensdogmen entbehren kann. Er hat die Gnade, und seinem Geist erschließt sich die Symbolik des Himmels und der Erde; er bedarf dazu keines Kirchenschlüssels. Die törichtsten und widersprechendsten Gerüchte sind in dieser Beziehung über mich in Umlauf gekommen. Sehr fromme aber nicht sehr gescheute Männer des protestantischen Deutschlands haben mich dringend befragt, ob ich dem lutherisch-evangelischen Bekenntnisse, zu welchem ich mich bisher nur in lauer, offizieller Weise bekannte, jetzt wo ich krank und gläubig geworden, mit größerer Sympathie als zuvor zugetan sei? Nein, ihr lieben Freunde, es ist in dieser Beziehung keine Änderung mit mir vorgegangen, und wenn ich überhaupt dem evangelischen Glauben angehörig bleibe, so geschieht es weil er mich auch jetzt durchaus nicht geniert, wie er mich früher nie allzusehr genierte. Freilich, ich gestehe es aufrichtig, als ich mich in Preußen und zumal in Berlin befand, hätte ich, wie manche meiner Freunde, mich gern von jedem kirchlichen Bande bestimmt losgesagt, wenn nicht die dortigen Behörden jedem, der sich zu keiner von den staatlich privilegierten positiven Religionen bekannte, den Aufenthalt in Preußen und zumal in Berlin verweigerten. Wie Henri IV. einst lachend sagte: Paris vaut bien une messe, so konnte ich mit Fug sagen: Berlin vaut bien un prêche, und ich konnte mir, nach wie vor, das sehr aufgeklärte und von jedem Aberglauben filtrierte Christentum gefallen lassen, das man damals sogar ohne Gottheit Christi, wie Schildkrötensuppe ohne Schildkröte, in den Berliner Kirchen haben konnte. Zu jener Zeit war ich selbst noch ein Gott, und keine der positiven Religionen hatte mehr Wert für mich als die andere; ich konnte aus Courtoisie ihre Uniformen tragen, wie z. B. der russische Kaiser sich in einen preußischen Gardeoffizier verkleidet, wenn er dem König von Preußen die Ehre erzeigt, einer Revue in Potsdam beizuwohnen.

Jetzt wo durch das Wiedererwachen des religiösen Gefühls, sowie auch durch meine körperlichen Leiden, mancherlei Veränderung in mir vorgegangen – entspricht jetzt die lutherische Glaubensuniform einigermaßen meinem innersten Gedanken? Inwieweit ist das offizielle Bekenntnis zur Wahrheit geworden? Solcher Frage will ich durch keine direkte Beantwortung begegnen, sie soll mir nur eine Gelegenheit bieten, die Verdienste zu beleuchten, die sich der Protestantismus, nach meiner jetzigen Einsicht, um das Heil der Welt erworben; und man mag danach ermessen, inwiefern ihm eine größere Sympathie von meiner Seite gewonnen ward.

Früherhin, wo die Philosophie ein überwiegendes Interesse für mich hatte, wußte ich den Protestantismus nur wegen der Verdienste zu schätzen, die er sich durch die Eroberung der Denkfreiheit erworben, die doch der Boden ist, auf welchem sich später Leibniz, Kant und Hegel bewegen konnten – Luther, der gewaltige Mann mit der Axt, mußte diesen Kriegern vorangehen und ihnen den Weg bahnen. In dieser Beziehung habe ich auch die Reformation als den Anfang der deutschen Philosophie gewürdigt und meine kampflustige Parteinahme für den Protestantismus justifiziert. Jetzt, in meinen spätern und reifern Tagen, wo das religiöse Gefühl wieder überwältigend in mir aufwogt, und der gescheiterte Metaphysiker sich an die Bibel festklammert: jetzt würdige ich den Protestantismus ganz absonderlich ob der Verdienste, die er sich durch die Auffindung und Verbreitung des heiligen Buches erworben. Ich sage die Auffindung, denn die Juden, die dasselbe aus dem großen Brande des zweiten Tempels gerettet, und es im Exile gleichsam wie ein portatives Vaterland mit sich herumschleppten, das ganze Mittelalter hindurch, sie hielten diesen Schatz sorgsam verborgen in ihrem Getto, wo die deutschen Gelehrten, Vorgänger und Beginner der Reformation, hinschlichen um Hebräisch zu lernen, um den Schlüssel zu der Truhe zu gewinnen, welche den Schatz barg. Ein solcher Gelehrter war der fürtreffliche Reuchlinus, und die Feinde desselben, die Hochstraaten & Comp. in Köln, die man als blödsinnige Dunkelmänner darstellte, waren keineswegs so ganz dumme Tröpfe, sondern sie waren fernsichtige Inquisitoren, welche das Unheil, das die Bekanntschaft mit der Heiligen Schrift für die Kirche herbeiführen würde, wohl voraussahen: daher ihr Verfolgungseifer gegen alle hebräische Schriften, die sie ohne Ausnahme zu verbrennen rieten, während sie die Dolmetscher dieser heiligen Schriften, die Juden, durch den verhetzten Pöbel auszurotten suchten. Jetzt, wo die Motive jener Vorgänge aufgedeckt liegen, sieht man wie jeder im Grunde recht hatte. Die Kölner Dunkelmänner glaubten das Seelenheil der Welt bedroht, und alle Mittel, sowohl Lüge als Mord, dünkten ihnen erlaubt, zumal in betreff der Juden. Das arme niedere Volk, die Kinder des Erbelends, haßte die Juden schon wegen ihrer aufgehäuften Schätze, und was heutzutage der Haß der Proletarier gegen die Reichen überhaupt genannt wird, hieß ehemals Haß gegen die Juden. In der Tat, da diese letztern, ausgeschlossen von jedem Grundbesitz und jedem Erwerb durch Handwerk, nur auf den Handel und die Geldgeschäfte angewiesen waren, welche die Kirche für Rechtgläubige verpönte, so waren sie, die

Juden, gesetzlich dazu verdammt, reich, gehaßt und ermordet zu werden. Solche Ermordungen freilich trugen in jenen Zeiten noch einen religiösen Deckmantel, und es hieß, man müsse diejenigen töten, die einst unsern Herrgott getötet. Sonderbar! ebendas Volk, das der Welt einen Gott gegeben, und dessen ganzes Leben nur Gottesandacht atmete, ward als Deicide verschrien! Die blutige Parodie eines solchen Wahnsinns sahen wir beim Ausbruch der Revolution von Sankt Domingo, wo ein Negerhaufen, der die Pflanzungen mit Mord und Brand heimsuchte, einen schwarzen Fanatiker an seiner Spitze hatte, der ein ungeheures Kruzifix trug und blutdürstig schrie: »Die Weißen haben Christum getötet, laßt uns alle Weißen totschlagen!«

Ja, den Juden, denen die Welt ihren Gott verdankt, verdankt sie auch dessen Wort, die Bibel; sie haben sie gerettet aus dem Bankerott des römischen Reichs, und in der tollen Raufzeit der Völkerwanderung bewahrten sie das teure Buch, bis es der Protestantismus bei ihnen aufsuchte und das gefundene Buch in die Landessprachen übersetzte und in alle Welt verbreitete. Diese Verbreitung hat die segensreichsten Früchte hervorgebracht, und dauert noch bis auf heutigen Tag, wo die Propaganda der Bibelgesellschaft eine providentielle Sendung erfüllt, die bedeutsamer ist und jedenfalls ganz andere Folgen haben wird, als die frommen Gentlemen dieser britischen Christentums-Speditions-Sozietät selber ahnen. Sie glauben eine kleine enge Dogmatik zur Herrschaft zu bringen und wie das Meer, auch den Himmel zu monopolisieren, denselben zur britischen Kirchendomäne zu machen: und siehe! sie fördern, ohne es zu wissen, den Untergang aller protestantischen Sekten, die alle in der Bibel ihr Leben haben und in einem allgemeinen Bibeltume aufgehen. Sie fördern die große Demokratie, wo jeder Mensch nicht bloß König, sondern auch Bischof in seiner Hausburg sein soll; indem sie die Bibel über die ganze Erde verbreiten, sie sozusagen der ganzen Menschheit durch merkantilische Kniffe, Schmuggel und Tausch, in die Hände spielen und der Exegese, der individuellen Vernunft überliefern, stiften sie das große Reich des Geistes, das Reich des religiösen Gefühls, der Nächstenliebe, der Reinheit und der wahren Sittlichkeit, die nicht durch dogmatische Begriffsformeln gelehrt werden kann, sondern durch Bild und Beispiel, wie dergleichen enthalten ist in dem schönen heiligen Erziehungsbuche für kleine und große Kinder, in der Bibel.

Es ist für den beschaulichen Denker ein wunderbares Schauspiel, wenn er die Länder betrachtet, wo die Bibel schon seit der Reformation ihren bildenden Einfluß ausgeübt auf die Bewohner, und ihnen in Sitte, Denkungsart und Gemütlichkeit jenen Stempel des palästinischen Lebens aufgeprägt hat, das in dem Alten wie in dem Neuen Testamente sich bekundet. Im Norden von Europa und Amerika, namentlich in den skandinavischen und anglosächsischen, überhaupt in germanischen und einigermaßen auch in keltischen Landen, hat sich das Palästinatum so geltend gemacht, daß man sich dort unter Juden versetzt zu sehen glaubt. Z. B. die protestantischen Schotten, sind sie nicht Hebräer, deren Namen überall biblisch, deren Cant sogar etwas jerusalemitisch-pharisäisch klingt, und deren Religion nur ein Judentum ist, welches Schweinefleisch frißt? So ist es auch mit manchen Provinzen Norddeutschlands und mit Dänemark; ich will gar nicht reden von den meisten neuen Gemeinden der Vereinigten Staaten, wo man das alttestamentarische Leben pedantisch nachäfft. Letzteres erscheint hier wie daguerreotypiert, die Konturen sind ängstlich richtig, doch alles ist grau in grau, und es fehlt der sonnige Farbenschmelz des Gelobten Landes. Aber die Karikatur wird einst schwinden, das Echte, Unvergängliche und Wahre, nämlich die Sittlichkeit des alten Judentums, wird in jenen Ländern ebenso gotterfreulich blühen, wie einst am Jordan und auf den Höhen des Libanons. Man hat keine Palme und Kamele nötig, um gut zu sein, und Gutsein ist besser denn Schönheit.

Vielleicht liegt es nicht bloß in der Bildungsfähigkeit der erwähnten Völker, daß sie das jüdische Leben in Sitte und Denkweise so leicht in sich aufgenommen. Der Grund dieses Phänomens ist vielleicht auch in dem Charakter des jüdischen Volks zu suchen, das immer sehr große Wahlverwandtschaft mit dem Charakter der germanischen und einigermaßen auch der keltischen Race hatte. Judäa erschien mir immer wie ein Stück Okzident, das sich mitten in den Orient verloren. In der Tat, mit seinem spiritualistischen Glauben, seinen strengen, keuschen, sogar ascetischen Sitten, kurz mit seiner abstrakten Innerlichkeit, bildete dieses Land und sein Volk immer den sonderbarsten Gegensatz zu den Nachbarländern und Nachbarvölkern, die den üppig buntesten und brünstigsten

Naturkulten huldigend, im bacchantischen Sinnenjubel ihr Dasein verluderten. Israel saß fromm unter seinem Feigenbaum und sang das Lob des unsichtbaren Gottes und übte Tugend und Gerechtigkeit, während in den Tempeln von Babel, Ninive, Sidon und Tyrus jene blutigen und unzüchtigen Orgien gefeiert wurden, ob deren Beschreibung uns noch jetzt das Haar sich sträubt! Bedenkt man diese Umgebung, so kann man die frühe Größe Israels nicht genug bewundern. Von der Freiheitsliebe Israels, während nicht bloß in seiner Umgebung, sondern bei allen Völkern des Altertums, sogar bei den philosophischen Griechen, die Sklaverei justifiziert war und in Blüte stand, will ich gar nicht reden, um die Bibel nicht zu kompromittieren bei den jetzigen Gewalthabern. Es gibt wahrhaftig keinen Sozialisten, der terroristischer wäre als unser Herr und Heiland, und bereits Moses war ein solcher Sozialist, obgleich er, als ein praktischer Mann, bestehende Gebräuche, namentlich in bezug auf das Eigentum, nur umzumodeln suchte. Ja, statt mit dem Unmöglichen zu ringen, statt die Abschaffung des Eigentums tollköpfig zu dekretieren, erstrebte Moses nur die Moralisation desselben, er suchte das Eigentum in Einklang zu bringen mit der Sittlichkeit, mit dem wahren Vernunftrecht, und solches bewirkte er durch die Einführung des Jubeljahrs, wo jedes alienierte Erbgut, welches bei einem ackerbauenden Volke immer Grundbesitz war, an den ursprünglichen Eigentümer zurückfiel, gleichviel in welcher Weise dasselbe veräußert worden. Diese Institution bildet den entschiedensten Gegensatz zu der »Verjährung« bei den Römern, wo nach Ablauf einer gewissen Zeit der faktische Besitzer eines Gutes von dem legitimen Eigentümer nicht mehr zur Rückgabe gezwungen werden kann, wenn letzterer nicht zu beweisen vermag, während jener Zeit eine solche Restitution in gehöriger Form begehrt zu haben. Diese letzte Bedingnis ließ der Schikane offnes Feld, zumal in einem Staate, wo Despotismus und Jurisprudenz blühte und dem ungerechten Besitzer alle Mittel der Abschreckung, besonders dem Armen gegenüber, der die Streitkosten nicht erschwingen kann, zu Gebote stehn. Der Römer war zugleich Soldat und Advokat, und das Fremdgut, das er mit dem Schwerte erbeutet, wußte er durch Zungendrescherei zu verteidigen. Nur ein Volk von Räubern und Kasuisten konnte die Proskription, die Verjährung, erfinden und dieselbe konsakrieren in jenem abscheulichsten Buche, welches die

Bibel des Teufels genannt werden kann, im Kodex des römischen Zivilrechts, der leider noch jetzt herrschend ist.

Ich habe oben von der Verwandtschaft gesprochen, welche zwischen Juden und Germanen, die ich einst »die beiden Völker der Sittlichkeit« nannte, stattfindet, und in dieser Beziehung erwähne ich auch als einen merkwürdigen Zug den ethischen Unwillen, womit das alte deutsche Recht die Verjährung stigmatisiert; in dem Munde des niedersächsischen Bauers lebt noch heute das rührend schöne Wort: »Hundert Jahr Unrecht machen nicht ein Jahr Recht.« Die mosaische Gesetzgebung protestiert noch entschiedener durch die Institution des Jubeljahrs. Moses wollte nicht das Eigentum abschaffen, er wollte vielmehr, daß jeder dessen besäße, damit niemand durch Armut ein Knecht mit knechtischer Gesinnung sei. Freiheit war immer des großen Emanzipators letzter Gedanke, und dieser atmet und flammt in allen seinen Gesetzen, die den Pauperismus betreffen. Die Sklaverei selbst haßte er über alle Maßen, schier ingrimmig, aber auch diese Unmenschlichkeit konnte er nicht ganz vernichten, sie wurzelte noch zu sehr im Leben jener Urzeit, und er mußte sich darauf beschränken, das Schicksal der Sklaven gesetzlich zu mildern, den Loskauf zu erleichtern und die Dienstzeit zu beschränken. Wollte aber ein Sklave, den das Gesetz endlich befreite, durchaus nicht das Haus des Herrn verlassen, so befahl Moses, daß der unverbesserliche servile Lump mit dem Ohr an den Türpfosten des herrschaftlichen Hauses angenagelt würde, und nach dieser schimpflichen Ausstellung war er verdammt, auf Lebenszeit zu dienen. O Moses, unser Lehrer, Mosche Rabenu, hoher Bekämpfer der Knechtschaft, reiche mir Hammer und Nägel, damit ich unsre gemütlichen Sklaven in schwarzrotgoldner Livree mit ihren langen Ohren festnagle an das Brandenburger Tor!

Ich verlasse den Ozean allgemeiner religiös-moralisch-historischer Betrachtungen, und lenke mein Gedankenschiff wieder bescheiden in das stille Binnenlandgewässer, wo der Autor so treu sein eignes Bild abspiegelt.

Ich habe oben erwähnt, wie protestantische Stimmen aus der Heimat, in sehr indiskret gestellten Fragen, die Vermutung ausdrückten, als ob bei dem Wiedererwachen meines religiösen Gefühls auch der Sinn für das Kirchliche in mir stärker geworden. Ich weiß nicht, inwieweit ich merken ließ, daß ich weder für ein Dogma noch für irgendeinen Kultus außerordentlich schwärme und ich in dieser Beziehung derselbe geblieben bin, der ich immer war. Ich mache dieses Geständnis jetzt auch, um einigen Freunden, die mit großem Eifer der römisch-katholischen Kirche zugetan sind, einem Irrtum zu benehmen, in den sie ebenfalls in bezug auf meine jetzige Denkungsart verfallen sind. Sonderbar! zur selben Zeit, wo mir in Deutschland der Protestantismus die unverdiente Ehre erzeigte, mir eine evangelische Erleuchtung zuzutrauen, verbreitete sich auch das Gerücht, als sei ich zum katholischen Glauben übergetreten, ja manche gute Seelen versicherten, ein solcher Übertritt habe schon vor vielen Jahren stattgefunden, und sie unterstützten ihre Behauptung mit der Angabe der bestimmtesten Details, sie nannten Zeit und Ort, sie gaben Tag und Datum an, sie bezeichneten mit Namen die Kirche, wo ich die Ketzerei des Protestantismus abgeschworen und den alleinseligmachenden römisch-katholisch-apostolischen Glauben angenommen haben sollte; es fehlte nur die Angabe, wieviel Glockengeläute und Schellengeklingel der Mesner bei dieser Feierlichkeit spendierte.

Wie sehr solches Gerücht Konsistenz gewonnen, ersehe ich aus Blättern und Briefen, die mir zukommen, und ich gerate fast in eine wehmütige Verlegenheit, wenn ich die wahrhafte Liebesfreude sehe, die sich in manchen Zuschriften so rührend ausspricht. Reisende erzählen mir, daß meine Seelenrettung sogar der Kanzelberedsamkeit Stoff geliefert. Junge katholische Geistliche wollen ihre homiletischen Erstlingsschriften meinem Patronate anvertrauen. Man sieht in mir ein künftiges Kirchenlicht. Ich kann nicht darüber lachen, denn der fromme Wahn ist so ehrlich gemeint – und was man auch den Zeloten des Katholizismus nachsagen mag, eins ist gewiß: sie sind keine Egoisten, sie bekümmern sich um ihre Nebenmenschen; leider oft ein bißchen zu viel. Jene falschen Gerüchte kann ich nicht der Böswilligkeit, sondern nur dem Irrtum zuschreiben; die unschuldigsten Tatsachen hat hier gewiß nur der Zufall entstellt. Es hat nämlich ganz seine Richtigkeit mit jener Angabe von Zeit und Ort, ich war in der Tat an dem genannten Tage in der genannten Kirche, die sogar einst eine Jesuitenkirche gewesen, nämlich in Saint-Sulpice, und ich habe mich dort einem religiösen Akte unterzogen – Aber dieser Akt war keine gehässige Abjuration, sondern eine sehr unschuldige Konjugation; ich ließ nämlich dort meine Ehe mit meiner Gattin, nach der Ziviltrauung, auch kirchlich einsegnen, weil meine Gattin, von erzkatholischer Familie, ohne solche Zeremonie sich nicht gottgefällig genug verheiratet geglaubt hätte. Und ich wollte um keinen Preis bei diesem teuren Wesen in den Anschauungen der angebornen Religion eine Beunruhigung oder Störnis verursachen.

Es ist übrigens sehr gut, wenn die Frauen einer positiven Religion anhängen. Ob bei den Frauen evangelischer Konfession mehr Treue zu finden, lasse ich dahingestellt sein. Jedenfalls ist der Katholizismus der Frauen für den Gemahl sehr heilsam. Wenn sie einen Fehler begangen haben, behalten sie nicht lange den Kummer darüber im Herzen, und sobald sie vom Priester Absolution erhielten, sind sie wieder trällernd aufgeheitert und verderben sie ihrem Manne nicht die gute Laune oder Suppe durch kopfhängerisches Nachgrübeln über eine Sünde, die sie sich verpflichtet halten, bis an ihr Lebensende durch grämliche Prüderie und zänkische Übertugend abzubüßen. Auch noch in andrer Beziehung ist die Beichte hier so nützlich: die Sünderin behält ihr furchtbares Geheimnis nicht lange lastend im Kopfe, und da doch die Weiber am Ende alles ausplaudern müssen, ist es besser, sie gestehen gewisse Dinge nur ihrem Beichtiger, als daß sie in die Gefahr geraten, plötzlich in überwallender Zärtlichkeit oder Schwatzsucht oder Gewissensbissigkeit dem armen Gatten die fatalen Geständnisse zu machen!

Der Unglauben ist in der Ehe jedenfalls gefährlich, und so freigeistisch ich selbst gewesen, so durfte doch in meinem Hause nie ein frivoles Wort gesprochen werden. Wie ein ehrsamer Spießbürger lebte ich mitten in Paris, und deshalb, als ich heiratete, wollte ich auch kirchlich getraut werden, obgleich hierzulande die gesetzlich eingeführte Zivilehe hinlänglich von der Gesellschaft anerkannt ist. Meine liberalen Freunde grollten mir deshalb, und überschütteten mich mit Vorwürfen, als hätte ich der Klerisei eine zu große Konzession gemacht. Ihr Murrsinn über meine Schwäche würde sich noch sehr gesteigert haben, hätten sie gewußt, wieviel größere Konzessionen ich damals der ihnen verhaßten Priesterschaft machte. Als Protestant, der sich mit einer Katholikin verheiratete, bedurfte ich, um von einem katholischen Priester kirchlich getraut zu werden, eine besondere Dispens des Erzbischofs, der diese aber in solchen Fällen nur unter der Bedingung erteilt, daß der Gatte sich schriftlich verpflichtet, die Kinder, die er zeugen würde, in der Religion ihrer Mutter erziehen zu lassen. Es wird hierüber ein Revers ausgestellt, und wie sehr auch die protestantische Welt über solchen Zwang schreit, so will mich bedünken, als sei die katholische Priesterschaft ganz in ihrem Rechte, denn wer ihre einsegnende Garantie nachsucht, muß sich auch ihren Bedingungen fügen. Ich fügte mich denselben ganz de bonne foi, und ich wäre gewiß meiner Verpflichtung redlich nachgekommen. Aber unter uns gesagt, da ich wohl wußte, daß Kinderzeugen nicht meine Spezialität ist, so konnte ich besagten Revers mit desto leichterm Gewissen unterzeichnen, und als ich die Feder aus der Hand legte, kicherten in meinem Gedächtnis die Worte der schönen Ninon de Lenclos: O, le beau billet qu'a Lechastre!

Ich will meinen Bekenntnissen die Krone aufsetzen, indem ich gestehe, daß ich damals, um die Dispens des Erzbischofs zu erlangen, nicht bloß meine Kinder, sondern sogar mich selbst der katholischen Kirche verschrieben hätte – Aber der ogre de Rome, der wie das Ungeheuer in den Kindermärchen sich die künftige Geburt für seine Dienste ausbedingt, begnügte sich mit den armen Kindern, die freilich nicht geboren wurden, und so blieb ich ein Protestant, nach wie vor, ein protestierender Protestant, und ich protestiere gegen Gerüchte, die, ohne verunglimpfend zu sein, dennoch zum Schaden meines guten Leumunds ausgebeutet werden können.

Ja, ich, der ich immer selbst das aberwitzigste Gerede, ohne mich viel darum zu bekümmern über mich hingehen ließ, ich habe mich zu obiger Berichtigung verpflichtet geglaubt, um der Partei des edlen Atta Troll, die noch immer in Deutschland herumtroddelt, keinen Anlaß zu gewähren, in ihrer täppisch treulosen Weise meinen Wankelmut zu bejammern und dabei wieder auf ihre eigne, unwandelbare, in der dicksten Bärenhaut eingenähte Charakterfestigkeit zu pochen. Gegen den armen ogre de Rome, gegen die römische Kirche, ist also diese Reklamation nicht gerichtet. Ich habe längst aller Befehdung derselben entsagt, und längst ruht in der Scheide das Schwert, das ich einst zog im Dienste einer Idee, und nicht einer Privatleidenschaft. Ja, ich war in diesem Kampf gleichsam ein officier de fortune, der sich brav schlägt, aber nach der Schlacht oder nach dem Scharmützel keinen Tropfen Groll im Herzen bewahrt, weder gegen die bekämpfte Sache, noch gegen ihre Vertreter. Von fanatischer Feindschaft gegen die römische Kirche kann bei mir nicht die Rede sein, da es mir immer an jener Borniertheit fehlt, die zu einer solchen Animosität nötig ist. Ich kenne zu gut meine geistige Taille, um nicht zu wissen, daß ich einem Kolosse, wie die Peterskirche ist, mit meinem wütendsten Anrennen wenig schaden dürfte; nur ein bescheidener Handlanger konnte ich sein bei dem langsamen Abtragen seiner Quadern, welches Geschäft freilich doch noch viele Jahrhunderte dauern mag. Ich war zu sehr Geschichtskundiger, als daß ich nicht die Riesenhaftigkeit jenes Granitgebäudes erkannt hätte; – nennt es immerhin die Bastille des Geistes, behauptet immerhin, dieselbe werde jetzt nur noch von Invaliden verteidigt: aber es ist darum nicht minder wahr, daß auch diese Bastille nicht so leicht einzunehmen wäre, und noch mancher junge Anstürmer an seinen Wällen den Hals brechen wird. Als Denker, als Metaphysiker, mußte ich immer der Konsequenz der römisch-katholischen Dogmatik meine Bewunderung zollen; auch darf ich mich rühmen, weder das Dogma noch den Kultus je durch Witz und Spötterei bekämpft zu haben, und man hat mir zugleich zuviel Ehre und zuviel Unehre erzeigt, wenn man mich einen Geistesverwandten Voltaires nannte. Ich war immer ein Dichter, und deshalb mußte sich mir die Poesie, welche in der Symbolik des katholischen Dogmas und Kultus blüht und lodert, viel tiefer als andern Leuten offenbaren, und nicht selten in meiner Jünglingszeit überwältigte auch mich die unendliche Süße, die geheimnisvoll selige Überschwenglichkeit und schauerliche Todeslust jener Poesie: auch ich schwärmte manchmal für die hochgebenedeite Königin des Himmels, die Legenden ihrer Huld und Güte brachte ich in zierliche Reime, und meine erste Gedichtesammlung enthält Spuren dieser schönen Madonna-Periode, die ich in spätern Sammlungen lächerlich sorgsam ausmerzte.

Die Zeit der Eitelkeit ist vorüber, und ich erlaube jedem, über diese Geständnisse zu lächeln.

Ich brauche wohl nicht erst zu gestehen, daß in derselben Weise, wie kein blinder Haß gegen die römische Kirche in mir waltete, auch keine kleinliche Rancune gegen ihre Priester in meinem Gemüte nisten konnte: wer meine satirische Begabnis und die Bedürfnisse meines parodierenden Übermuts kennt, wird mir gewiß das Zeugnis erteilen, daß ich die menschlichen Schwächen der Klerisei immer schonte, obgleich in meiner spätern Zeit die frommtuenden, aber dennoch sehr bissigen Ratten, die in den Sakristeien Bayerns und Österreichs herumrascheln, das verfaulte Pfaffengeschmeiß, mich oft genug zur Gegenwehr reizte. Aber ich bewahrte im zornigsten Ekel dennoch immer eine Ehrfurcht vor dem wahren Priesterstand, indem ich, in die Vergangenheit zurückblickend, der Verdienste gedachte, die er sich einst um mich erwarb. Denn katholische Priester waren es, denen ich als Kind meinen ersten Unterricht verdankte; sie leiteten meine ersten Geistesschritte. Auch in der höhern Unterrichtsanstalt zu Düsseldorf, welche unter der französischen Regierung das Lyzeum hieß, waren die Lehrer fast lauter katholische Geistliche, die sich alle mit ernster Güte meiner Geistesbildung annahmen; seit der preußischen Invasion, wo auch jene Schule den preußisch-griechischen Namen Gymnasium annahm, wurden die Priester allmählich durch weltliche Lehrer ersetzt. Mit ihnen wurden auch ihre Lehrbücher abgeschafft, die kurzgefaßten, in lateinischer Sprache geschriebenen Leitfaden und Chrestomathien, welche noch aus den Jesuitenschulen herstammten, und sie wurden ebenfalls ersetzt durch neue Grammatiken und Kompendien, geschrieben in einem schwindsüchtigen, pedantischen Berlinerdeutsch, in einem abstrakten Wissenschaftsjargon, der den jungen Intelligenzen minder zugänglich war, als das leichtfaßliche, natürliche und gesunde Jesuitenlatein. Wie man auch über die Jesuiten denkt, so muß man doch eingestehen, sie bewährten immer einen praktischen Sinn im Unterricht, und ward auch bei ihrer Methode die Kunde des Altertums sehr verstümmelt mitgeteilt, so haben sie doch diese Altertumskenntnis sehr verallgemeinert, sozusagen demokratisiert, sie ging in die Massen über, statt daß bei der heutigen Methode der einzelne Gelehrte, der Geistesaristokrat das Altertum und die Alten besser begreifen lernt, aber der großen Volksmenge sehr selten ein klassischer Brocken, irgendein Stück Herodot oder eine Äsopische Fabel oder ein Horazischer Vers im Hirntopfe zurückbleibt, wie ehemals, wo die armen Leute an den alten Schulbrotkrusten ihrer Jugend später noch lange zu knuspern hatten. So ein bißchen Latein ziert den ganzen Menschen, sagte mir einst ein alter Schuster, dem aus der Zeit, wo er mit dem schwarzen Mäntelchen in das Jesuitenkollegium ging, so mancher schöne Ciceronianische Passus aus den Katilinarischen Reden im Gedächtnisse geblieben, den er gegen heutige Demagogen so oft und so spaßhaft glücklich zitierte. Pädagogik war die Spezialität der Jesuiten, und obgleich sie dieselbe im Interesse ihres Ordens treiben wollten, so nahm doch die Leidenschaft für die Pädagogik selbst, die einzige menschliche Leidenschaft die ihnen blieb, manchmal die Oberhand, sie vergaßen ihren Zweck, die Unterdrückung der Vernunft zugunsten des Glaubens, und statt die Menschen wieder zu Kindern zu machen, wie sie beabsichtigten, haben sie im Gegenteil, gegen ihren Willen, durch den Unterricht die Kinder zu Menschen gemacht. Die größten Männer der Revolution sind aus den Jesuitenschulen hervorgegangen, und ohne die Disziplin dieser letztern wäre vielleicht die große Geisterbewegung erst ein Jahrhundert später ausgebrochen.

Arme Väter von der Gesellschaft Jesu! Ihr seid der Popanz und der Sündenbock der liberalen Partei geworden, man hat jedoch nur eure Gefährlichkeit, aber nicht eure Verdienste begriffen. Was mich betrifft, so konnte ich nie einstimmen in das Zetergeschrei meiner Genossen, die bei dem Namen Loyola immer in Wut gerieten, wie Ochsen, denen man einen roten Lappen vorhält! Und dann, ohne im geringsten die Hut meiner Parteiinteressen zu verabsäumen, mußte ich mir in der Besonnenheit meines Gemütes zuweilen gestehen, wie es oft von den kleinsten Zufälligkeiten abhing, daß wir dieser statt jener Partei zufielen und uns jetzt nicht in einem ganz entgegengesetzten Feldlager befänden. In dieser Beziehung kommt mir oft ein Gespräch in den Sinn, das ich mit meiner Mutter führte, vor etwa acht Jahren, wo ich die hochbetagte Frau, die schon damals achtzigjährig, in Hamburg besuchte. Eine sonderbare Äußerung entschlüpfte ihr, als wir von den Schulen, worin ich meine Knabenzeit zubrachte, und von meinen katholischen Lehrern sprachen, worunter sich, wie ich jetzt erfuhr, manche ehemalige Mitglieder des Jesuitenordens befanden. Wir sprachen viel von unserm alten lieben Schallmeyer, dem in der französischen Periode die Leitung des Düsseldorfer Lyzeums als Rektor anvertraut war, und der auch für die oberste Klasse Vorlesungen über Philosophie hielt, worin er unumwunden die freigeistigsten griechischen Systeme auseinandersetzte, wie grell diese auch gegen die orthodoxen Dogmen abstachen, als deren Priester er selbst zuweilen in geistlicher Amtstracht am Altar fungierte. Es ist gewiß bedeutsam, und vielleicht einst vor den Assisen im Tale Josaphat kann es mir als circonstance atténuante angerechnet werden, daß ich schon im Knabenalter den besagten philosophischen Vorlesungen beiwohnen durfte. Diese bedenkliche Begünstigung genoß ich vorzugsweise, weil der Rektor Schallmeyer sich als Freund unsrer Familie ganz besonders für mich interessierte; einer meiner Öhme, der mit ihm zu Bonn studiert hatte, war dort sein akademischer Pylades gewesen, und mein Großvater errettete ihn einst aus einer tödlichen Krankheit. Der alte Herr besprach sich deshalb sehr oft mit meiner Mutter über meine Erziehung und künftige Laufbahn, und in solcher Unterredung war es, wie mir meine Mutter später in Hamburg erzählte, daß er ihr den Rat erteilte, mich dem Dienst der Kirche zu widmen und nach Rom zu schicken, um in einem dortigen Seminar katholische Theologie zu studieren; durch die einflußreichen Freunde, die der Rektor

Schallmeyer unter den Prälaten höchsten Ranges zu Rom besaß, versicherte er, imstande zu sein, mich zu einem bedeutenden Kirchenamte zu fördern. Als mir dieses meine Mutter erzählte, bedauerte sie sehr, daß sie dem Rate des geistreichen alten Herrn nicht Folge geleistet, der mein Naturell frühzeitig durchschaut hatte und wohl am richtigsten begriff, welches geistige und physische Klima demselben am angemessensten und heilsamsten gewesen sein möchte. Die alte Frau bereute jetzt sehr, einen so vernünftigen Vorschlag abgelehnt zu haben; aber zu jener Zeit träumte sie für mich sehr hochfliegende weltliche Würden, und dann war sie eine Schülerin Rousseaus, eine strenge Deistin, und es war ihr auch außerdem nicht recht, ihren ältesten Sohn in jene Soutane zu stecken, welche sie von deutschen Priestern mit so plumpem Ungeschick tragen sah. Sie wußte nicht, wie ganz anders ein römischer Abbate dieselbe mit einem graziösen Schick trägt und wie kokett er das schwarzseidne Mäntelchen achselt, das die fromme Uniform der Galanterie und der Schöngeisterei ist im ewig schönen Rom.

Oh, welch ein glücklicher Sterblicher ist ein römischer Abbate, der nicht bloß der Kirche Christi, sondern auch dem Apoll und den Musen dient. Er selbst ist ihr Liebling, und die drei Göttinnen der Anmut halten ihm das Tintenfaß, wenn er seine Sonette verfertigt, die er in der Akademie der Arkadier mit zierlichen Kadenzen rezitiert. Er ist ein Kunstkenner, und er braucht nur den Hals einer jungen Sängerin zu betasten, um voraussagen zu können, ob sie einst eine celeberrima cantatrice, eine diva, eine Weltprimadonna, sein wird. Er versteht sich auf Antiquitäten, und über den ausgegrabenen Torso einer griechischen Bacchantin schreibt er eine Abhandlung im schönsten Ciceronianischen Latein, die er dem Oberhaupte der Christenheit, dem pontifex maximus, wie er ihn nennt, ehrfurchtsvoll widmet. Und gar welcher Gemäldekenner ist der Signor Abbate, der die Maler in ihren Ateliers besucht und ihnen über ihre weiblichen Modelle die feinsten anatomischen Beobachtungen mitteilt. Der Schreiber dieser Blätter hätte ganz das Zeug dazu gehabt, ein solcher Abbate zu werden und im süßesten dolce far niente dahinzuschlendern durch die Bibliotheken, Galerien, Kirchen und Ruinen der ewigen Stadt, studierend im Genusse und genießend im Studium, und ich hätte Messe gelesen vor den auserlesensten Zuhörern, ich wäre auch in der heiligen Woche als strenger Sittenprediger auf die Kanzel getreten, freilich auch hier niemals in ascetische Roheit ausartend – ich hätte am meisten die römischen Damen erbaut, und wäre vielleicht durch solche Gunst und Verdienste in der Hierarchie der Kirche zu den höchsten Würden gelangt, ich wäre vielleicht ein monsignore geworden, ein Violettstrumpf, sogar der rote Hut konnte mir auf den Kopf fallen – und wie das Sprüchlein heißt:

> Es ist kein Pfäfflein noch so klein,
> Es möchte gern ein Päpstlein sein –

so hätte ich am Ende vielleicht gar jenen erhabensten Ehrenposten erklommen – denn obgleich ich von Natur nicht ehrgeizig bin, so würde ich dennoch die Ernennung zum Papste nicht ausgeschlagen haben, wenn die Wahl des Konklaves auf mich gefallen wäre. Es ist dieses jedenfalls ein sehr anständiges und auch mit gutem Einkommen versehenes Amt, das ich gewiß mit hinlänglichem Geschick versehen konnte. Ich hätte mich ruhig niedergesetzt auf den Stuhl Petri, allen frommen Christen, sowohl Priestern als Laien, das Bein hinstreckend zum Fußkuß. Ich hätte mich ebenfalls mit gehöriger Seelenruhe durch die Pfeilergänge der großen Basilika in Triumph herumtragen lassen, und nur im wackelndsten Falle würde ich mich ein bißchen festgeklammert haben an der Armlehne des goldnen Sessels, den sechs stämmige karmoisinrote Camerieren auf ihren Schultern tragen, während nebenher glatzköpfige Kapuziner mit brennenden Kerzen und galonierte Lakaien wandeln, welche ungeheuer große Pfauenwedel emporhalten und das Haupt des Kirchenfürsten befächeln – wie gar lieblich zu schauen ist auf dem Prozessionsgemälde des Horaz Vernet. Mit einem gleichen unerschütterlichen sazerdotalen Ernste – denn ich kann sehr ernst sein, wenn es durchaus nötig ist – hätte ich auch vom Lateran herab der ganzen Christenheit den jährlichen Segen erteilt; in Pontificalibus, mit der dreifachen Krone auf dem Kopfe, und umgeben von einem Generalstab von Rothüten und Bischofsmützen, Goldbrokatgewändern und Kutten von allen Couleuren, hätte sich Meine Heiligkeit auf dem hohen Balkon dem Volke gezeigt, das tief unten, in unabsehbar wimmelnder Menge, mit gebeugten Köpfen und knieend hingelagert – und ich hätte ruhig die Hände ausgestreckt und den Segen erteilt, der Stadt und der Welt.

Aber, wie du wohl weißt, geneigter Leser, ich bin kein Papst geworden, auch kein Kardinal, nicht mal ein römischer Nuntius, und wie in der weltlichen, so auch in der geistlichen Hierarchie habe ich weder Amt noch Würden errungen. Ich habe es, wie die Leute sagen, auf dieser schönen Erde zu nichts gebracht. Es ist nichts aus mir geworden, nichts als ein Dichter.

Nein, ich will keiner heuchlerischen Demut mich hingebend, diesen Namen geringschätzen. Man ist viel, wenn man ein Dichter ist, und gar wenn man ein großer lyrischer Dichter ist in Deutschland, unter dem Volke, das in zwei Dingen, in der Philosophie und im Liede, alle andern Nationen überflügelt hat. Ich will nicht mit der falschen Bescheidenheit, welche die Lumpen erfunden, meinen Dichterruhm verleugnen. Keiner meiner Landsleute hat in so frühem Alter wie ich den Lorbeer errungen, und wenn mein Kollege Wolfgang Goethe wohlgefällig davon singt, »daß der Chinese mit zitternder Hand Werthern und Lotten auf Glas male«, so kann ich, soll doch einmal geprahlt werden, dem chinesischen Ruhm einen noch weit fabelhaftern, nämlich einen japanischen entgegensetzen. Als ich mich vor etwa zwölf Jahren hier im Hôtel des Princes bei meinem Freunde H. Wöhrman aus Riga befand, stellte mir derselbe einen Holländer vor, der eben aus Japan gekommen, dreißig Jahre dort in Nagasaki zugebracht und begierig wünschte, meine Bekanntschaft zu machen. Es war der Dr. Bürger, der jetzt in Leiden mit dem gelehrten Seybold das große Werk über Japan herausgibt. Der Holländer erzählte mir, daß er einen jungen Japanesen Deutsch gelehrt, der später meine Gedichte in japanischer Übersetzung drucken ließ, und dieses sei das erste europäische Buch gewesen, das in japanischer Sprache erschienen – übrigens fände ich über diese kuriose Übertragung einen weitläufigen Artikel in der englischen Review von Kalkutta. Ich schickte sogleich nach mehreren cabinets de lecture, doch keine ihrer gelehrten Vorsteherinnen konnte mir die Review von Kalkutta verschaffen, und auch an Julien und Paultier wandte ich mich vergebens –

Seitdem habe ich über meinen japanischen Ruhm keine weitern Nachforschungen angestellt. In diesem Augenblick ist er mir ebenso gleichgültig wie etwa mein finnländischer Ruhm. Ach! der Ruhm überhaupt, dieser sonst so süße Tand, süß wie Ananas und Schmeichelei, er ward mir seit geraumer Zeit sehr verleidet; er dünkt mich jetzt bitter wie Wermut. Ich kann wie Romeo sagen: ich bin der Narr des Glücks. Ich stehe jetzt vor dem großen Breinapf, aber es fehlt mir der Löffel. Was nützt es mir, daß bei Festmahlen aus goldnen Pokalen und mit den besten Weinen meine Gesundheit getrunken wird, wenn ich selbst unterdessen, abgesondert von aller Weltlust, nur mit einer schalen Tisane meine Lippen netzen darf! Was nützt es mir, daß begeisterte Jünglinge und Jungfrauen meine marmorne Büste mit Lorbeeren umkränzen, wenn derweilen meinem wirklichen Kopfe von den welken Händen einer alten Wärterin eine spanische Fliege hinter die Ohren gedrückt wird! Was nützt es mir, daß alle Rosen von Schiras so zärtlich für mich glühen und duften – ach, Schiras ist zweitausend Meilen entfernt von der Rue d'Amsterdam, wo ich in der verdrießlichen Einsamkeit meiner Krankenstube nichts zu riechen bekomme, als etwa die Parfüms von gewärmten Servietten. Ach! der Spott Gottes lastet schwer auf mir. Der große Autor des Weltalls, der Aristophanes des Himmels, wollte dem kleinen irdischen, sogenannten deutschen Aristophanes recht grell dartun, wie die witzigsten Sarkasmen desselben nur armselige Spöttereien gewesen im Vergleich mit den seinigen, und wie kläglich ich ihm nachstehen muß im Humor, in der kolossalen Spaßmacherei.

Ja, die Lauge der Verhöhnung, die der Meister über mich herabgeußt, ist entsetzlich, und schauerlich grausam ist sein Spaß. Demütig bekenne ich seine Überlegenheit, und ich beuge mich vor ihm im Staube. Aber wenn es mir auch an solcher höchsten Schöpfungskraft fehlt, so blitzt doch in meinem Geiste die ewige Vernunft, und ich darf sogar den Spaß Gottes vor ihr Forum ziehen und einer ehrfurchtsvollen Kritik unterwerfen. Und da wage ich nun zunächst die untertänigste Andeutung auszusprechen, es wolle mich bedünken, als zöge sich jener grausame Spaß, womit der Meister den armen Schüler heimsucht, etwas zu sehr in die Länge; er dauert schon über sechs Jahre, was nachgerade langweilig wird. Dann möchte ich ebenfalls mir die unmaßgebliche Bemerkung erlauben, daß jener Spaß nicht neu ist und daß ihn der große Aristophanes des Himmels schon bei einer andern Gelegenheit angebracht, und also ein Plagiat an hoch sich selber begangen habe. Um diese Behauptung zu unterstützen, will ich eine Stelle der Limburger Chronik zitieren. Diese Chronik ist sehr interessant für diejenigen, welche sich über Sitten und Bräuche des deutschen Mittelalters unterrichten wollen.

Sie beschreibt, wie ein Modejournal, die Kleidertrachten, sowohl die männlichen als die weiblichen, welche in jeder Periode aufkamen. Sie gibt auch Nachricht von den Liedern, die in jedem Jahre gepfiffen und gesungen wurden, und von manchem Lieblingsliede der Zeit werden die Anfänge mitgeteilt. So vermeldet sie von Anno 1480, daß man in diesem Jahre in ganz Deutschland Lieder gepfiffen und gesungen, die süßer und lieblicher, als alle Weisen, so man zuvor in deutschen Landen kannte, und jung und alt, zumal das Frauenzimmer, sei ganz davon vernarrt gewesen, so daß man sie von Morgen bis Abend singen hörte; diese Lieder aber, setzt die Chronik hinzu, habe ein junger Klerikus gedichtet, der von der Misselsucht behaftet war und sich, vor aller Welt verborgen, in einer Einöde aufhielt. Du weißt gewiß, lieber Leser, was für ein schauderhaftes Gebreste im Mittelalter die Misselsucht war, und wie die armen Leute, die solchem unheilbaren Siechtum verfallen, aus jeder bürgerlichen Gesellschaft ausgestoßen waren und sich keinem menschlichen Wesen nahen durften. Lebendig Tote wandelten sie einher, vermummt vom Haupt bis zu den Füßen, die Kapuze über das Gesicht gezogen, und in der Hand eine Klapper tragend, die sogenannte Lazarusklapper, womit sie ihre Nähe ankündigten, damit ihnen jeder zeitig aus dem Wege gehen konnte. Der arme Klerikus, von dessen Ruhm als Liederdichter die obgenannte Limburger Chronik gesprochen, war nun ein solcher Misselsüchtiger, und er saß traurig in der Öde seines Elends, während jauchzend und jubelnd ganz Deutschland seine Lieder sang und pfiff! Oh, dieser Ruhm war die uns wohlbekannte Verhöhnung, der grausame Spaß Gottes, der auch hier derselbe ist, obgleich er diesmal im romantischen Kostüme des Mittelalters erscheint. Der blasierte König von Judäa sagte mit Recht: es gibt nichts Neues unter der Sonne – Vielleicht ist diese Sonne selbst ein alter aufgewärmter Spaß, der mit neuen Strahlen geflickt, jetzt so imposant funkelt!

Manchmal in meinen trüben Nachtgesichten glaube ich den armen Klerikus der Limburger Chronik, meinen Bruder in Apoll, vor mir zu sehen, und seine leidenden Augen lugen sonderbar stier hervor aus seiner Kapuze; aber im selben Augenblick huscht er von dannen, und verhallend, wie das Echo eines Traumes, hör ich die knarrenden Töne der Lazarusklapper.

Über tredition

Eigenes Buch veröffentlichen

tredition wurde 2006 in Hamburg gegründet und hat seither mehrere tausend Buchtitel veröffentlicht. Autoren veröffentlichen in wenigen leichten Schritten gedruckte Bücher, e-Books und audio-Books. tredition hat das Ziel, die beste und fairste Veröffentlichungsmöglichkeit für Autoren zu bieten.

tredition wurde mit der Erkenntnis gegründet, dass nur etwa jedes 200. bei Verlagen eingereichte Manuskript veröffentlicht wird. Dabei hat jedes Buch seinen Markt, also seine Leser. tredition sorgt dafür, dass für jedes Buch die Leserschaft auch erreicht wird.

Im einzigartigen Literatur-Netzwerk von tredition bieten zahlreiche Literatur-Partner (das sind Lektoren, Übersetzer, Hörbuchsprecher und Illustratoren) ihre Dienstleistung an, um Manuskripte zu verbessern oder die Vielfalt zu erhöhen. Autoren vereinbaren direkt mit den Literatur-Partnern die Konditionen ihrer Zusammenarbeit und partizipieren gemeinsam am Erfolg des Buches.

Das gesamte Verlagsprogramm von tredition ist bei allen stationären Buchhandlungen und Online-Buchhändlern wie z. B. Amazon erhältlich. e-Books stehen bei den führenden Online-Portalen (z. B. iBookstore von Apple oder Kindle von Amazon) zum Verkauf.

Einfach leicht ein Buch veröffentlichen: **www.tredition.de**

Eigene Buchreihe oder eigenen Verlag gründen

Seit 2009 bietet tredition sein Verlagskonzept auch als sogenanntes "White-Label" an. Das bedeutet, dass andere Unternehmen, Institutionen und Personen risikofrei und unkompliziert selbst zum Herausgeber von Büchern und Buchreihen unter eigener Marke werden können. tredition übernimmt dabei das komplette Herstellungs- und Distributionsrisiko.

Zahlreiche Zeitschriften-, Zeitungs- und Buchverlage, Universitäten, Forschungseinrichtungen u.v.m. nutzen diese Dienstleistung von tredition, um unter eigener Marke ohne Risiko Bücher zu verlegen.

Alle Informationen im Internet: **www.tredition.de/fuer-verlage**

tredition wurde mit mehreren Innovationspreisen ausgezeichnet, u. a. mit dem Webfuture Award und dem Innovationspreis der Buch Digitale.

tredition ist Mitglied im Börsenverein des Deutschen Buchhandels.

Dieses Werk elektronisch lesen

Dieses Werk ist Teil der Gutenberg-DE Edition DVD. Diese enthält das komplette Archiv des Projekt Gutenberg-DE. Die DVD ist im Internet erhältlich auf **http://gutenbergshop.abc.de**

Zeitfracht Medien GmbH
Ferdinand-Jühlke-Straße 7
99095 Erfurt, Deutschland
produktsicherheit@kolibri360.de